33 डरावनी कहानियाँ – भाग 3

अंधकार के बाद अंधकार: डरावनी लघु कहानियों का संग्रह

टाटिया क्विकविनिया

सामग्री सूची:

लेखक की टिप्पणी

प्रिय डरावनी कहानियों के प्रेमी, डर की इस दुनिया में आपका स्वागत है!

बचपन से ही मैं डरावनी कहानियों का शौक़ीन रहा हूँ। इसलिए मैंने सोचा, क्यों न इस शैली की कुछ लघु कहानियाँ आपके साथ बाँटी जाएँ।

इनमें से अधिकतर कहानियाँ मेरी कल्पना से जन्मी हैं, पर कुछ सच्ची घटनाओं पर भी आधारित हैं। कौन सी सच्ची हैं और कौन सी नहीं? यह रहस्य आपको ही सुलझाना है।

अब जब आप ये पंक्तियाँ पढ़ रहे हैं, तो जान लीजिए कि आप मेरे सबसे पसंदीदा पाठक हैं।

और क्योंकि आप मेरे लिए इतने खास हैं, मैं आपको एक सलाह देना चाहता हूँ—कहानियाँ एक साथ बहुत ज़्यादा मत पढ़िए। धीरे-धीरे, आराम से पढ़िए।

कम समय में बहुत ज़्यादा डरावनी कहानियाँ पढ़ने से नकारात्मक ऊर्जा का असर हो सकता है, और फिर हो सकता है आपको अजीब चीज़ें दिखने या सुनाई देने लगें...

तो अब, बस आनंद लीजिए!

•1•

संकेत

एक रात, आठ साल की मैंडी अपने बिस्तर पर जाने से पहले दाँत साफ कर रही थी। जब उसने ब्रश करना खत्म किया और आईने में देखा, तो उसने अचानक देखा कि उसके प्रतिबिंब ने एक उदास भाव अपनाया था, जो उसके असली चेहरे से बिल्कुल मेल नहीं खा रहा था।

मैंडी डर कर पीछे हट गई और ज़ोर से अपनी माँ को बुलाया। जब उसकी माँ ने उसकी बात सुनी, तो पहले तो वो हँस पड़ीं और फिर उसे दिलासा दिया कि डरने की कोई बात नहीं है, और समझाया कि शायद नींद की कमी की वजह से उसे ऐसा भ्रम हुआ होगा।

माँ की बातों से मैंडी थोड़ी शांत हो गई और जल्द ही चैन से सो गई। लेकिन आधी रात को उसके माँ-बाप ने उसे जगा दिया, साथ ही घर में धुएँ की तेज़ गंध भी फैल चुकी थी। घर में आग लग चुकी थी, और सुबह तक पूरा घर जलकर खाक हो गया था।

अपने मासूम बचपन की सोच में, मैंडी ने उस दुखद घटना को आईने में देखे अपने उस चेहरे से जोड़ लिया, जिसे उसने एक अशुभ संकेत मान लिया था। वो बहुत परेशान रही, लेकिन समय के साथ वो विचार धीरे-धीरे धुंधले पड़ गए, और अंततः वो पूरी तरह से उन्हें भूल गई।

साल बीतते गए। अब मैंडी तेरह साल की थी, और स्कूल के सेमेस्टर के अंतिम कार्यक्रम की तैयारी कर रही थी।

प्रदर्शन से पहले, वो अपने बाल ठीक करने के लिए लॉकर रूम गई। बैग से कंघी ढूंढते समय, वो हल्के-फुल्के मन से गुनगुना रही थी, चेहरे पर भी उत्साह से भरी मुस्कान थी। आख़िरकार उसे कंघी मिल गई, लेकिन जैसे ही उसने आईने में झांका, मैंडी सन्न रह गई। आईने में दिख रहे प्रतिबिंब के चेहरे पर वही उदास भाव था—बिल्कुल वैसा ही, जैसा उसने सालों पहले देखा था।

डर के मारे मैंडी लॉकर रूम से भाग निकली, और किसी को यह बात बताने के लिए इधर-उधर देखने लगी। सबसे पहले उसे अपनी शिक्षिका मिलीं, जिन्होंने उसे याद दिलाया कि उसकी प्रस्तुति का समय आ गया है। हालाँकि शिक्षिका ने मैंडी के डरे हुए चेहरे को नोटिस किया, लेकिन उन्होंने सोचा कि वो सिर्फ़ मंच पर चढ़ने से घबराई हुई है, और उसे हौसला बढ़ाने के कुछ शब्द कहे। मैंडी के दिल में अभी भी डर था, लेकिन वह कार्यक्रम को बर्बाद नहीं करना चाहती थी। उसने खुद को यह समझा लिया कि शायद यह सिर्फ़ तनाव की वजह से हो रहा है।

डरी हुई मैंडी जब मंच पर गई, तो कुछ देर के लिए डर भूल गई। लेकिन जैसे ही उसने गाना शुरू किया, ज़मीन ज़ोर-ज़ोर से हिलने लगी। पूरा दर्शक समूह हैरान रह गया—यह एक भयंकर भूकंप था, इतना शक्तिशाली कि स्कूल की कई दीवारें गिर गईं।

हालाँकि मैंडी बच गई, लेकिन उसके दिल में फिर वही डर बैठ गया—एक बार फिर, उसने आपदा को आईने में दिखे उस प्रतिबिंब से जोड़ लिया। उसे खुद को सामान्य करने में काफी समय लगा, लेकिन दोस्तों के सहारे वो इस नतीजे पर पहुँची कि यह सब बस कल्पना और संयोग का मेल था, और उसने आगे बढ़ने का फैसला किया।

वक़्त बीतता गया। मैंडी ने साहित्य की पढ़ाई की और एक खूबसूरत युवती बन गई। एक दिन, अपने प्रेमी के साथ डेट पर जाने से पहले, वो तैयार हो रही थी। सजने-सँवरने के दौरान, उसने आईने में झाँका और देखा कि उसके चेहरे का प्रतिबिंब बेहद खुश और चमकदार दिख रहा था, जबकि असल में वो मुस्कुरा नहीं रही थी।

मैंडी ने कुछ बार अपनी पलकें झपकाईं, और फिर प्रतिबिंब सामान्य हो गया। वो उलझन में पड़ गई—थोड़ी घबराहट भी हुई, पर थोड़ी उत्सुकता भी। उसने सोचा कि शायद जिस तरह दुखी चेहरा बुरी घटनाओं का संकेत देता है, वैसे ही खुश चेहरा किसी अच्छी चीज़ का संकेत हो सकता है।

वाक़ई में, उसी शाम, मैंडी की लॉटरी लग गई और उसे एक अपार्टमेंट जीतने का इनाम मिला। इस अचानक मिली किस्मत ने उसे सोचने पर मजबूर कर दिया कि

शायद बचपन की वो घटनाएँ पूरी तरह से कल्पना नहीं थीं। उस दिन के बाद, मैंडी ने यक़ीन करना शुरू कर दिया कि उसका प्रतिबिंब भविष्य की घटनाओं का संकेत दे सकता है। उसने रोज़ आईने में खुद को ध्यान से देखना शुरू कर दिया, इस उम्मीद में कि कोई असामान्य भाव फिर दिख जाए, ताकि वो भविष्य का अंदाज़ा लगा सके। हालाँकि, लंबे समय तक ऐसा कुछ नहीं हुआ, और धीरे-धीरे उसने इसे अंधविश्वास मानकर छोड़ दिया।

साल गुज़रते गए, और अब मैंडी एक अध्यापिका बन चुकी थी, जो शहर के बीचों-बीच स्थित अपने बड़े से अपार्टमेंट में शांति से रहती थी। एक तूफ़ानी रात, जब बारिश ज़ोरों से हो रही थी और बिजली चली गई थी, नींद नहीं आने पर वो बिस्तर से उठी और बाथरूम की ओर गई। बिजली कटने की वजह से कमरा पूरी तरह अंधेरे में डूबा हुआ था।

उसने अपने फ़ोन की टॉर्च जलाकर आईने में देखा—और उसकी रूह काँप उठी। आईने में उसका प्रतिबिंब अलग सा दिख रहा था। पहले भी ऐसा कुछ हो चुका था, लेकिन इस बार न तो उसके चेहरे पर दुख था और न ही खुशी।

इस बार, उसके प्रतिबिंब का चेहरा एक भयानक, विकृत, डरावनी मुस्कान में बदल गया था।

•2•

चेतावनी

एक छोटे से गाँव में टेरी नाम का एक किशोर लड़का रहता था। उस गाँव में एक पुराना, वीरान घर था, जिससे लोग दूर ही रहते थे। कहा जाता था कि जो भी उस घर के आँगन में जाता है, वह शापित हो जाता है। यह मान्यता पीढ़ी-दर-पीढ़ी चली आ रही थी, और कई घटनाएँ भी इस अफ़वाह को सच जैसा साबित करती थीं।

टेरी के दोस्त—ड्रयू, ल्यूक, और मैरी—हमेशा उस घर को लेकर बहुत उत्सुक रहते थे और उसमें जाकर देखने की बात करते रहते थे। लेकिन टेरी की माँ, क्रिस्टीन, उसे बार-बार चेतावनी देती थीं कि वह उस घर के पास भी न जाए। गाँव में अपनी गहरी आस्था और आध्यात्मिक समझ के लिए जानी जाने वाली क्रिस्टीन इन लोक-कथाओं को बहुत गंभीरता से लेती थीं।

हालाँकि, उसकी चेतावनियों के बावजूद, एक धूप वाली दोपहर, टेरी और उसके दोस्तों ने अपनी हिम्मत आज़माने का फैसला किया।

वे अपने साइकिलों पर सवार होकर उस बदनाम घर तक पहुँचे, जिसका आँगन जंगली घास और खरपतवार से ढँका हुआ था। जैसे ही वे लोग बाड़ के पास पहुँचे, टेरी को रीढ़ में एक ठंडी सिहरन महसूस हुई। ड्रयू, ल्यूक और मैरी बाड़ पर चढ़ने लगे और टेरी को भी साथ आने के लिए उकसाने लगे।

शुरुआत में, मज़े और दोस्तों के दबाव में आकर टेरी भी चढ़ने लगा, लेकिन बाड़ के बीच तक पहुँचते ही उसके मन में एक अजीब-सा डर समा गया और उसने नीचे उतरने का फैसला किया।

निराश होकर उसके दोस्त बिना उसे लिए ही घर के अंदर चले गए। टेरी वहीं खड़ा रहा, उन्हें आँगन में गायब होते हुए देखता रहा। फिर वह अपने घर लौट आया—दिल में राहत और बेचैनी दोनों।

जब वह पहुँचा, तो उसकी माँ बग़ीचे में फूलों को पानी दे रही थीं। क्रिस्टीन ने उसे देखकर तुरंत रोक लिया और घर में आने से पहले उसे बाहर ही खड़ा रहने को कहा।फिर उन्होंने प्रार्थना पढ़ी, पवित्र जल छिड़का, और तभी जाकर टेरी को घर के अंदर आने दिया।

उस रात, जब टेरी गाँव में अपनी साइकिल चला रहा था, तो उसके भीतर का डर अब भी बना हुआ था। उसने सोचा कि वह अपने दोस्तों को कॉल करके उनका हालचाल पूछे। ड्रयू और ल्यूक ने कॉल नहीं उठाया, लेकिन मैरी ने फोन उठाया—और उसकी आवाज़ बहुत डरी हुई थी।

वह काँपती आवाज़ में बताने लगी कि शुरू में तो घर के अंदर सब कुछ सामान्य था, लेकिन अचानक एक भयावह गाना सुनाई देने लगा—एक आदमी की डरावनी आवाज़ में। वे सब डर गए और भाग कर स्कूल चले गए। मैरी अभी भी सदमे में थी—उसने कहा कि वह धुन अब तक की सबसे डरावनी चीज़ थी जो उसने कभी सुनी थी।

लेकिन तभी, टेरी के फोन में मैरी की चीख गूंजी—और फिर सन्नाटा छा गया।

टेरी घबरा गया। वह कॉल कटने ही वाला था कि उसी फोन से वही डरावना गाना बजने लगा, जो मैरी ने बताया था। और फिर लाइन कट गई।

दहशत में, टेरी स्कूल की तरफ भागा, लेकिन जैसे ही वह साइकिल पर चढ़ा, गिर गया और उसकी टांग टूट गई।

अगली सुबह, गाँव में हाहाकार मच गया—ड्रयू गेल, ल्यूक बैरेट, और मैरी जैक्सन—तीनों किशोरों की लाशें स्कूल में मिलीं।

यह दुखद घटना पूरे गाँव को शोक में डुबो गई, और टेरी, जो अपनी टूटी टांग के साथ बिस्तर पर पड़ा था, सोचता रहा...

कुछ किवदंतियाँ सच होती हैं। और उन चेतावनियों को अनदेखा नहीं करना चाहिए।

•3•

शांति

डगलस को फुर्सत के समय में आर्ट गैलरी जाना बेहद पसंद था—ज़रूरी नहीं कि वह कुछ खरीदे, अक्सर तो वह बस स्थानीय कलाकारों की रचनाएँ देखने ही जाता था।एक चमकती दोपहर, वह शहर की सबसे बड़ी आर्ट गैलरी में एक नई प्रदर्शनी में जा पहुँचा।

डगलस शांति से हॉल में टहल रहा था, एक-एक पेंटिंग को ध्यान से देखता हुआ, तभी उसकी नज़र एक बेहद ख़ूबसूरत चित्र पर पड़ी—एक सोई हुई औरत का पोर्ट्रेट। उस चित्र का नाम था "शांति" (Serenity)। डगलस की नज़रें जैसे उसी पर ठहर गईं। औरत के चेहरे पर अजीब सी शांति और मासूमियत थी, और उस चित्र की बारीकी में कुछ ऐसा जादू था कि वह वहाँ से अपनी नज़रें हटा ही नहीं पाया।

हालाँकि उस दिन डगलस का कोई ख़रीदने का इरादा नहीं था, पर दिल में लंबे ऊहापोह के बाद उसने वह पेंटिंग काफ़ी बड़ी क़ीमत पर ख़रीद ली। खुश होकर, डगलस वह पेंटिंग अपने घर ले आया और अपने लिविंग रूम की दीवार पर टांग दी। लेकिन कुछ ही दिनों में, उसका मन उस पेंटिंग को लेकर अजीब सा बेचैन रहने लगा।

जो चित्र कभी इतना शांत और खूबसूरत लगा था, अब वही उसे डरावना सा महसूस होने लगा। उसे ऐसा लगने लगा मानो उस औरत के चेहरे की मुस्कान हर दिन ज़्यादा भयावह होती जा रही थी। फिर भी, चूँकि उसने उस पर अच्छी-ख़ासी रकम खर्च की थी, वह ख़ुद को समझाने लगा कि सब ठीक है।

एक शाम, डिनर के वक़्त डगलस ने अपनी मंगेतर हैना से अपनी इस बेचैनी के बारे में बताया।

हैना ने सीधा सुझाव दिया, "अगर ये पेंटिंग तुम्हें इतना परेशान कर रही है, तो इसे बेच दो।"

यह बात डगलस के मन में घर कर गई। उसे याद आया कि उस प्रदर्शनी में उसकी एक कला प्रेमी लिऑन से भी बातचीत हुई थी, जो इस पेंटिंग में रुचि दिखा रहा था। डगलस ने तुरंत लिऑन का कॉन्टैक्ट निकाला और उसे कॉल कर बताया कि वह 'शांति' बेचना चाहता है।

लिऑन राज़ी हो गया और पेंटिंग देखने डगलस के घर आ गया। लेकिन जैसे ही उसने पेंटिंग देखी, उसका चेहरा गुस्से से तमतमा उठा।

"ये क्या है?" लिऑन ने भौंहें चढ़ाते हुए कहा, "ये तो वैसी बिल्कुल नहीं दिखती जैसी गैलरी में दिख रही थी! तुम मुझे बेवकूफ़ बनाने की कोशिश कर रहे हो क्या?"

डगलस लिऑन की बात सुनकर चौंक गया। उसने गुस्से से लिऑन को विदा किया और बैठकर सोचने लगा।

"धोखा? पेंटिंग तो वही है! क्या वह जानबूझकर दाम कम करवाना चाहता था?"

बेचैनी बढ़ती जा रही थी, इसलिए डगलस ने तय किया कि इंटरनेट पर पेंटिंग के बारे में कुछ पता लगाए।

जब उसने ऑनलाइन उस पेंटिंग की तस्वीरें देखीं, उसका बदन ठंडा पड़ गया।

उसने देखा कि गैलरी में मौजूद 'शांति' की तस्वीर और उसके पास टंगी पेंटिंग में ज़मीन-आसमान का फ़र्क़ था।

पहले जहाँ उस औरत का चेहरा शांत और कोमल था, अब वही चेहरा विकृत, सड़ा हुआ और डरावनी शक्ल में बदल चुका था।

•4•

नई शुरुआत

थॉमसन परिवार अपने नए घर में शिफ्ट होकर बेहद खुश था। यह घर एक ऐसी कॉलोनी में था, जो अपने मिलनसार पड़ोसियों और खूबसूरत माहौल के लिए मशहूर थी।

पूरा वीकेंड वे सामान ढोने और घर सजाने में व्यस्त रहे। सब लोग अपने-अपने काम में लगे थे। पैम, परिवार की माँ, बड़े ध्यान से लिविंग रूम में फर्नीचर जमाने में लगी थीं, जबकि उनके पति मार्कस शेल्फ जोड़ने का काम कर रहे थे। उनकी टीनएज बेटी डेबी ऊपर अपने कमरे में सामान जमाने में व्यस्त थी।

मगर उनका छोटा बेटा लैरी चुपचाप लिविंग रूम के एक कोने में बैठा उदास मन से अपने टैबलेट की स्क्रीन पर टकटकी लगाए था।

पैम ने उसे देखकर कहा, "लैरी, उठो और ज़रा मदद करो। ऐसे बैठे मत रहो।"

मार्कस ने उसकी ओर एक नज़र डाली और बोले, "उसे अभी अकेला रहने दो। वो बार्नी की मौत और इस बदलाव से उबर नहीं पाया है। थोड़ा समय लगेगा।"

बार्नी—उनका प्यारा जर्मन शेफर्ड—कुछ हफ्ते पहले ही मर गया था, और लैरी ने उस ग़म को सबसे ज़्यादा महसूस किया था।

सभी अपने-अपने कामों में जुटे रहे, तभी दरवाज़ी की घंटी बजी।

पैम ने लैरी से कहा, "लैरी, ज़रा जाकर देखो, कौन है?"

लेकिन लैरी हिला तक नहीं। पैम ने लंबी साँस ली और खुद ही दरवाज़ा खोलने चली गईं।

दरवाज़े पर उनकी नई पड़ोसी, मिसेज़ पीटरसन, हाथ में ताज़ा बेक किए हुए ब्राउनीज़ की ट्रे लिए खड़ी थीं।

मुस्कराते हुए उन्होंने कहा, "नमस्ते! मैं आपका इस मोहल्ले में स्वागत करने आई हूँ।"

पैम ने भी मुस्कराते हुए जवाब दिया, "ओह, बहुत-बहुत धन्यवाद! अंदर आइए न।"

मगर मिसेज़ पीटरसन ने कहा, "अभी मैं ज़्यादा देर नहीं रुक सकती। बस ये मिठाई देने आई थी। थोड़ी जल्दी में हूँ।"

ट्रे पकड़ाते हुए उन्होंने इधर-उधर देखा और कहा, "आपने घर बहुत सुंदर सजाया है! पिछले किराएदारों ने तो इस जगह को पूरी तरह बर्बाद कर रखा था। अंदर बहुत ही उदासी छाई रहती थी।"

पैम कुछ पूछने ही वाली थीं कि पीछे से किसी कुत्ते के भौंकने की आवाज़ आई।

पैम थोड़ी शर्मिंदा होकर बोलीं, "माफ़ कीजिए..."

मिसेज़ पीटरसन ने हँसते हुए कहा, "कोई बात नहीं! अच्छा है, ये जगह फिर से जीवंत हो रही है। पहले तो यहाँ अजीब सी वीरानी छाई रहती थी।"

इतने में मार्कस भी हॉलवे में आ गए और बोले, "नमस्ते, मैं मार्कस हूँ।"

मिसेज़ पीटरसन ने मुस्कराकर कहा, "आपसे मिलकर खुशी हुई, मार्कस।"

जाते-जाते वह एक बार फिर मुस्कराईं और बोलीं, "वैसे, आपका कुत्ता बहुत प्यारा है!"

पैम ने भी शिष्टता से कहा, "धन्यवाद!"

मगर जैसे ही मिसेज़ पीटरसन चली गईं, मार्कस ने हैरान होकर पूछा, "कौन सा कुत्ता?"

पैम की आँखें फैल गईं। "हाँ, सच... कौन सा कुत्ता? बार्नी तो मर चुका है।"

वे दोनों कुछ पलों तक एक-दूसरे की ओर देखते रहे, चेहरे पर हैरानी और उलझन साफ़ थी।

आख़िरकार, पैम ने सिर झटका, मन में अजीब सा शक लिए, और फिर से सामान खोलने में लग गईं, सोचती रहीं— क्या इस नए घर में वाकई कुछ ऐसा है, जिससे वे अब तक अनजान हैं?

•5•

कहाँ जा रहे हो?

आरोन ने गौर किया कि उसकी कॉलोनी की स्ट्रीटलाइट्स हर रात ठीक 11 बजे झिलमिलाने लगती थीं और फिर अचानक बंद हो जाती थीं, जिससे पूरी गली घुप अंधेरे में डूब जाती थी। उसकी जिज्ञासा जागी, और उसने हर रात इस अजीब घटना को देखने का सिलसिला शुरू कर दिया।

कुछ ही दिनों में आरोन हैरान रह गया। हर रात, कोई न कोई अलग व्यक्ति गली के बीचों-बीच प्रकट होता, जो जैसे किसी नींद या सम्मोहन की अवस्था में डगमगाता हुआ चलता था। यह देखकर आरोन के मन में सवाल उठे, लेकिन फिर भी उसने गहराई से जांच नहीं की। उसने सोचा, "शायद कोई अजीब इत्तेफ़ाक़ है," और बात को वहीं छोड़ दिया।

एक रात, जब वह चाय की चुस्कियाँ ले रहा था, तभी उसने देखा कि उसके पड़ोसी का बेटा डिक्सन, रात 11 बजे अकेला गली में चल रहा है। बाकी लोगों की तरह ही, डिक्सन भी किसी गहरी तंद्रा में दिख रहा था। आरोन ने तब तक उसकी ओर नज़रें गड़ाए रखीं जब तक वह अंधेरे में गायब नहीं हो गया। पहले तो आरोन का मन हुआ कि बाहर जाकर देखे, लेकिन फिर उसने कंधे उचकाकर बड़बड़ाया, "जो होगा देखा जाएगा," और बिस्तर पर चला गया।

अगली सुबह पूरे मोहल्ले में खबर फैल गई—डिक्सन लापता हो गया था।

यह सुनकर आरोन को अपराधबोध महसूस हुआ। उसने तय किया कि वह पुलिस को जाकर सारी बात बता देगा। पुलिस स्टेशन में, ड्यूटी पर मौजूद अफसर ने उसकी बात ध्यान से सुनी और रिपोर्ट लिखने लगा। लेकिन अचानक, एक और अफसर कमरे में घबराया हुआ आया। उसने रिपोर्ट छीनकर फाड़ दी और आरोन को सख्त लहजे में चेतावनी दी, "इस तरह की बकवास में हमारा वक्त मत बर्बाद करो। हम ऐसी बातें नहीं सुनते। यहाँ से निकल जाओ और कभी किसी से इसका ज़िक्र मत करना।"

आरोन गुस्से और बेबसी में भरा हुआ थाने से बाहर निकला। घर लौटते वक़्त भी उसका मन बहुत बेचैन था। उस रात, उसने फिर से खिड़की से बाहर झाँकने का फ़ैसला किया। रात के अंधेरे में उसने अपनी रोज़ की निगरानी फिर शुरू कर दी।

धीरे-धीरे, आरोन ने देखा कि हर रात उसके जाने-पहचाने चेहरे भी उन अजीब रात के भटकने वालों में शामिल होते जा रहे थे। वे लोग भी उसी तरह गुम हो जाते, और फिर अगली सुबह उनकी गुमशुदगी की खबर आती।

शुरुआत में तो आरोन डर गया, लेकिन जल्द ही उसका डर उसकी जिज्ञासा के सामने छोटा पड़ गया। उसने ठान लिया कि अब वह खुद जाकर सच्चाई पता करेगा।

एक रात, उसने टॉर्च उठाई और गली में जाकर खड़ा हो गया। ठीक 11 बजे, स्ट्रीटलाइट्स हमेशा की तरह झिलमिलाईं और फिर बुझ गईं। आरोन ने अपने दिल को कड़ा किया और तैयार हो गया कि इस बार जो भी गुज़रेगा, उसे वह रोककर पूछेगा।

लेकिन इस बार, कोई भी शख्स गली से नहीं गुज़रा। उसकी नज़रें अचानक गली के छोर पर एक अजीब-सी चमक पर टिक गईं। उस रहस्यमयी रोशनी की ओर उसकी जिज्ञासा बढ़ती गई। डर के बावजूद वह धीरे-धीरे उस तरफ़ बढ़ने लगा।

जैसे-जैसे वह रोशनी के पास गया, उसका डर बढ़ता गया। वह मुड़कर वापस जाना चाहता था, मगर उसने पाया कि अब उसके शरीर ने उसकी बात मानना बंद कर दिया है। उसके पाँव अपने आप चलने लगे, जैसे कोई अदृश्य शक्ति उसे खींच रही हो, और वह अंधेरे में गहराई तक बढ़ता गया।

हर कदम के साथ, उसे एक अजीब, कानों को चीरती हुई हँसी सुनाई देने लगी, जो लगातार तेज़ होती जा रही थी।

उस रात के बाद से, आरोन डेविस को फिर कभी नहीं देखा गया। अब वह भी उन्हीं लोगों की तरह गुमशुदा हो गया था, जिन्हें वह कभी अपनी खिड़की से देखा करता था।

•6•

खूँखार झुंड

जॉर्डन नाम का एक युवा हाल ही में रिनफोर्ड नामक एक दूरदराज़ गांव में बसने आया था, ताकि शांति से अपनी ज़िंदगी गुज़ार सके। उसका नया घर गांव की सीमा पर, एक घने जंगल के पास था। गांव के केंद्र से अपने घर पहुँचने के लिए उसे रोज़ एक बड़ा, घास से भरा मैदान पार करना पड़ता था, जो जंगल से सटा हुआ था।

शुरुआत में जॉर्डन इस रास्ते को लेकर थोड़ा झिझकता था। उसके गांव में बसने के कुछ ही दिनों बाद, एक शाम जब वह घर लौट रहा था, तो जंगली कुत्तों का एक झुंड उसका पीछा करने लगा। वह भयावह अनुभव उसके दिलो-दिमाग़ पर छा गया, और अब वह उन कुत्तों से दोबारा सामना करने के ख्याल से भी डरने लगा था।

कुछ समय तक जॉर्डन ने मैदान वाले रास्ते से बचना शुरू कर दिया और गांव के भीतर से घूमकर जाने वाले एक लंबे, घुमावदार रास्ते को चुना। मगर इस रास्ते से उसके सफर में आधे घंटे से ज़्यादा का समय बढ़ जाता था, और जल्द ही वह इस झंझट से तंग आ गया।

आख़िरकार, उसने अपने डर का सामना करने की ठान ली। उसने एक थैला पत्थरों से भरकर ले जाना शुरू कर दिया ताकि ज़रूरत पड़ने पर उन कुत्तों को पत्थर मारकर भगाया जा सके। उसकी निशानेबाज़ी सही थी, और जल्दी ही कुत्तों ने भी सीख लिया कि जैसे ही वे उसे पत्थर उठाते देखते, उन्हें दूर भाग जाना चाहिए।

एक पतझड़ की शाम, जब सूरज ढल रहा था, जॉर्डन ने अपनी उसी शॉर्टकट वाली राह पर चलने का फैसला किया। अब उसे अपने पत्थर फेंकने की कला पर पूरा भरोसा हो गया था, और वह जल्दी घर पहुँचने के लिए बेचैन था। जब वह मैदान के बीचों-बीच पहुँचा, तो उसे फिर वही जानी-पहचानी भौंकने की आवाज़ सुनाई दी, और उसने देखा कि वही झुंड उसकी ओर दौड़ता चला आ रहा है, हमेशा की तरह बेहद खूँखार अंदाज़ में।

जॉर्डन ने तुरंत अपने थैले से पत्थर निकाले और उन पर फेंकना शुरू कर दिया। मगर इस बार कुछ अजीब हुआ—कुत्तों पर उसका कोई असर नहीं हो रहा था। जैसे ही उसे यह समझ आया, उसके दिल में घबराहट दौड़ गई। उसके पास कोई चारा नहीं बचा था, इसलिए उसने अपने सिर को हाथों से ढक लिया और सबसे बुरी आशंका के लिए खुद को तैयार कर लिया।

मगर तभी कुछ ऐसा हुआ, जिसकी उसने कल्पना भी नहीं की थी—कुत्ते उसे काटने के बजाय उसके पास से दौड़ते हुए निकल गए। जॉर्डन ने राहत की सांस ली, मगर उसकी राहत ज़्यादा देर तक नहीं टिक पाई।

उसे तुरंत एहसास हुआ कि वे कुत्ते उसकी ओर नहीं, बल्कि किसी और चीज़ से भाग रहे थे।

•7•

फोटोग्राफ्स

एडविन, जिसे फ़ोटोग्राफ़ी का बेहद शौक था, पुराने मोहल्लों की गलियों में घूम रहा था, जब उसकी नज़र एक जर्जर इमारत पर पड़ी।

इमारत के धुंधले और टूटे हुए साइनबोर्ड से पता चलता था कि यह किसी ज़माने में एक बहुउद्देशीय केंद्र हुआ करता था। मगर अब... समय की मार झेलते-झेलते वह लगभग खंडहर में बदल चुका था।

एडविन के भीतर का जिज्ञासु मन जाग उठा। कुछ देर तक हिचकिचाने के बाद उसने अंदर जाने का फ़ैसला कर ही लिया।

वह अपने कैमरे से सुनसान गलियारों की तस्वीरें खींचता रहा और धीरे-धीरे सीढ़ियों से नीचे तहखाने की ओर बढ़ गया। तहखाना घुप्प अंधेरे से भरा था। एडविन ने अपने फ़ोन की फ्लैशलाइट जलाकर रास्ता टटोला। वहाँ की हवा गीली, भारी और बोझिल थी, और हर कदम की आवाज़ दीवारों से टकराकर गूंज रही थी।

जैसे ही वह तहखाने के फ़र्श तक पहुँचा, उसकी रोशनी कुछ चमकती चीज़ पर पड़ी। फ़र्श पर हर तरफ़ तस्वीरें बिखरी थीं। जिज्ञासावश एडविन नीचे झुक गया और उन्हें ध्यान से देखने लगा।

वो तस्वीरें मरे हुए लोगों की थीं, और हर तस्वीर के पीछे का बैकग्राउंड उसी तहखाने का था, जहाँ इस वक़्त एडविन खड़ा था।

उसका गला सूखने लगा। "शायद ये जगह पहले कोई मुर्दाघर रही होगी," उसने खुद को समझाया, लेकिन बेचैनी बढ़ती जा रही थी।

फिर भी, एडविन तस्वीरों को पलटता रहा—हर अगली तस्वीर पहली से ज़्यादा भयावह। और तभी... उसकी आँखें एक तस्वीर पर जाकर टिक गईं। उसकी साँसें थम गईं।

तस्वीर में जो शख़्स पड़ा था, वो कोई और नहीं, ख़ुद एडविन था।

हाँ, वही चेहरा, वही मृत देह, वही कपड़े—उसका ख़ास बेज़ रंग का कोट, लाल टर्टलनेक स्वेटर, और यहाँ तक कि वो नई गोल फ्रेम वाली ऐनक भी, जो उसने ठीक 20 मिनट पहले ही खरीदी थी।

हर चीज़ हू-ब-हू वैसी ही थी जैसी इस वक़्त उसके तन पर थी।

•8•

नैनी

एक ज़िद्दी बच्चा था, जिसका नाम था कर्ट। उसे सोने में बड़ी मुश्किल होती थी, और वो रात में अकेला रहना बिल्कुल पसंद नहीं करता था। उसके माता-पिता, एली और ड्वाइट, शुरुआत में उसके साथ ही सोते थे, लेकिन जल्द ही उन्हें समझ आ गया कि ऐसा हमेशा नहीं चल सकता। हालाँकि कर्ट अब भी अकेले नहीं सो पा रहा था, पर उन्होंने इसका एक उपाय ढूँढ निकाला। उनके पड़ोसी की बेटी, नेट्टा, काम की तलाश में थी, इसलिए कर्ट के माता-पिता ने उसे नैनी के रूप में रख लिया।

कई महीनों तक नेट्टा हर रात कर्ट के कमरे में बैठती, जब तक कि वो सो न जाए, और फिर चुपचाप बाहर निकल जाती। नेट्टा बहुत ही दयालु और धैर्यवान थी, और उसकी मधुर आवाज़ कर्ट को आराम देती थी, जिससे वो जल्दी सो जाता था। सब कुछ ठीक चल रहा था, लेकिन अचानक नेट्टा की शादी हो गई और वो किसी दूसरे शहर चली गई, जिससे उसकी नौकरी छूट गई। एली और ड्वाइट परेशान हो गए, लेकिन उन्होंने जल्द ही नई नैनी की तलाश शुरू कर दी।

खोज लंबी चली, मगर कोई नैनी नहीं मिली। तब एक रात, ड्वाइट ने सुझाव दिया कि क्यों न कर्ट को अकेले सोने दिया जाए, ताकि देखा जा सके कि अब वो बिना तंग किए सो पाता है या नहीं। शुरुआत में माता-पिता को संदेह हुआ, मगर हैरानी की बात थी कि कर्ट को अब किसी की ज़रूरत ही नहीं थी। वो बिना किसी परेशानी के अकेले ही सोने लगा। एली और ड्वाइट को बड़ी राहत मिली।

दिन बीतते गए, और जल्द ही गर्मी की छुट्टियाँ आ गईं। पूरा परिवार—एली, ड्वाइट और छोटा कर्ट—एक प्रसिद्ध समुद्री शहर घूमने गया और समुंदर के किनारे एक साधारण, सुंदर होटल में ठहरा। सब कुछ ठीक चल रहा था, मगर जैसे ही कर्ट के लिए एक अलग कमरा लिया गया, उसकी ज़िद फिर लौट आई।

एली ने समझाने की कोशिश की, "अरे, अब तो तुम अकेले सोने के आदी हो गए हो। अब क्या परेशानी है?"

यह सुनकर कर्ट ने हैरानी से जवाब दिया, "अकेले? कब से?"

एली और ड्वाइट ने एक-दूसरे को हैरान नज़रों से देखा। फिर एली ने समझाया, "जब से नेट्टा गई है..."

कर्ट थोड़ी देर के लिए उलझन में पड़ गया, फिर बोला,

"लेकिन अब तो नई नैनी है न?"

"क्या?" दोनों चौंक उठे।

"हाँ, वही औरत जो हर रात मेरे कमरे में आती है, मुझे देखती है और गाना गाती है जब तक मैं सो न जाऊँ।"

•9•

कड़ी ट्रेनिंग

हर रात, जब हमारी कॉलोनी के सभी लोग गहरी नींद में होते, हमारे पड़ोसी पेड्रो अपने आँगन में लगे पंचिंग बैग पर मुक्के मारने की प्रैक्टिस करता था। मुझे उससे कोई दिक्कत नहीं थी, मगर मेरी दादी मुझे तंग किए बिना मानती ही नहीं थी।

वो बार-बार कहती, "सर्जियो, जाकर पेड्रो से कहो कि वो अपना पंचिंग बैग कहीं और टांग दे।"

मैं चिढ़कर बोलता, "दादी, आखिर तुम्हें इतनी परेशानी क्यों होती है?"

आख़िरकार, एक शाम उसने अपना डर बता ही दिया। वो बोली, "मुझे वो किसी फाँसी पर झूलते आदमी जैसा लगता है... और ये मुझे बहुत डराता है।"

मैंने गहरी साँस ली और कहा, "ठीक है।"

अगले दिन, मैं पेड्रो के घर गया। मैंने विनम्रता से कहा, "माफ़ कीजिएगा, मुझे आपकी ट्रेनिंग से कोई आपत्ति नहीं है, लेकिन क्या आप पंचिंग बैग कहीं और टांग सकते हैं?"

पेड्रो ने मुझे बस एक सख़्त नज़र से देखा, एक शब्द भी नहीं बोला, और वापस मुक्के मारने में लग गया।

अगले दिन, दादी ने फिर मुझे परेशान किया। अब मैं तंग आ चुका था, इसलिए रात को, जब पेड्रो अपनी प्रैक्टिस ख़त्म कर चुका था, मैं चुपके से उसके आँगन में जा घुसा, ताकि उस शाखा को काट सकूँ, जिस पर वो पंचिंग बैग लटकाता था।

जैसे ही मैं पास पहुँचा, मुझे कुछ अजीब सा महसूस हुआ—उस दिन पंचिंग बैग कुछ अलग दिख रहा था। उसका रंग भी अजीब था और उसकी आकृति भी कुछ गड़बड़ थी।

मैं टॉर्च जलाकर देखने की हिम्मत नहीं कर सका, क्योंकि पकड़े जाने का डर था। मगर जैसे-जैसे मैं नज़दीक जाता गया, मुझे समझ आने लगा कि दादी क्यों डरती थीं।

जब मैं इतने पास पहुँचा कि साफ देख सकूँ, मेरे मुँह से लगभग चीख निकल ही गई—वो कोई पंचिंग बैग नहीं था, बल्कि एक इंसानी शरीर था, जो एक बोरे में लिपटा हुआ था। मैंने उसे तुरंत पहचान लिया—वो था हेक्टर, हमारा दूसरा पड़ोसी, जो कुछ दिनों से लापता था।

मैं भागना चाहता था, लेकिन बहुत देर हो चुकी थी।

मेरे पीछे से पेड्रो की ठंडी आवाज़ आई, "तू यहाँ क्या कर रहा है?"

मैंने काँपते हुए पीछे पलटकर देखा—वो मुझे उसी सख्त नज़र से घूर रहा था। मेरा दिमाग सुन्न हो गया। कोई बहाना भी नहीं सूझ रहा था, और मेरे पैर ज़मीन से चिपक गए थे।

पेड्रो धीरे-धीरे मेरी ओर बढ़ने लगा। मुझे लगा अब सब खत्म।

तभी, अचानक, पुलिस के सायरन की आवाज़ गूँजने लगी—एक राहत देने वाला संगीत जैसा।

पेड्रो तुरंत भाग खड़ा हुआ, और पुलिसवाले आँगन में घुस आए। मेरी हैरानी की हद नहीं रही, जब मैंने देखा कि दादी भी उनके पीछे थीं, मुझे खोजती हुई।

उन्होंने मुझे गले लगाते हुए कहा, "मैंने सपना देखा था कि तू मुश्किल में है... इसलिए मैंने ही पुलिस को फोन किया था।"

मैंने आँसू रोकते हुए कहा, "धन्यवाद, दादी। अब मैं कभी आपकी बात को हल्के में नहीं लूँगा।"

दुर्भाग्यवश, पेड्रो आज तक पकड़ा नहीं गया। मगर वो कभी भी फिर हमारे मोहल्ले में दिखाई नहीं दिया। कम से कम दादी और मैं सुरक्षित रहे, हालाँकि उस रात की यादें मेरे दिल से कभी नहीं मिटेंगी।

•10•

बेपरवाह खिलाड़ी

रोजर को वीडियो गेम्स का बेहद शौक था। अगर सब कुछ उसके हिसाब से चलता, तो वह सारी ज़िंदगी गेम खेलता रहता।

अपनी माँ के साथ दो मंज़िला घर में रहने वाला 11 साल का रोजर उस शुक्रवार की रात पूरी तसल्ली से अकेला था, अपने पॉकेट मनी से खरीदा नया वीडियो गेम खेलते हुए।

वह गेम की दुनिया में इस कदर खो गया कि उसे समय के गुजरने का भी एहसास नहीं हुआ। तभी, उसे अचानक नीचे किसी के कदमों की आहट सुनाई दी और दरवाज़ा खुलने की आवाज़ आई।

आम तौर पर ऐसी स्थिति में वह अपनी माँ की डाँट के लिए तैयार हो जाता, लेकिन आज उसे यक़ीन था कि माँ उसे तंग नहीं करेंगी—आख़िरकार उसने गणित की परीक्षा में अच्छे अंक जो लाए थे।

पर हैरानी की बात यह थी कि उसकी गेमिंग में कोई खलल नहीं पड़ा। उसे बस अपने कंधे पर एक हल्का सा स्पर्श महसूस हुआ, और बिना स्क्रीन से नज़र हटाए, उसने सीढ़ियों की चरमराती आवाज़ सुनी।

रोजर ने राहत की साँस ली, सोचते हुए, "शुक्र है, माँ बिना कुछ कहे ऊपर चली गईं।"

कुछ मिनट और बीते। रोजर अब अंतिम बॉस को हराने ही वाला था कि फिर से दरवाज़ा खुलने की आवाज़ आई। इस बार उसने तुरंत सिर घुमाया—और देखा कि उसकी माँ कोट उतार रही थीं।

माँ ने जैसे ही उसे इतनी देर रात तक गेम खेलते देखा, वो हैरान रह गईं और गुस्से से बोलीं,

"ये देखो ज़रा! अब तक जाग रहा है? क्या तुझे सारी रात गेम ही खेलनी है? खाना खाया भी है या नहीं?"

रोजर वहीं जड़ हो गया, एकदम चुप, उसकी आँखें फटी की फटी रह गईं, चेहरा बिल्कुल सफ़ेद पड़ गया।

माँ ने झुंझलाकर कहा, "मैं ऊपर जा रही हूँ, पर जब मैं वापस आऊँ, तो ये कंप्यूटर बंद होना चाहिए, समझा?"

वो सीढ़ियों की ओर बढ़ने लगीं, लेकिन रोजर झट से उठकर उनके सामने खड़ा हो गया और उन्हें रोक लिया।

माँ हैरान होकर बोलीं, "रोजर? क्या हुआ?"

"माँ... आज... हमें ऊपर नहीं जाना चाहिए।"

•11•

बत्तियाँ बंद करो

रॉक्सैना ने बेहिल नामक कस्बे में बसने का फैसला किया और एक पुराने मगर खूबसूरत घर में रहने लगी, जो कई दशकों से समय की मार झेलता आया था। वह एक नई शुरुआत को लेकर बेहद उत्साहित थी, मगर एक बात उसे परेशान कर रही थी—बेहिल में बिजली बेहद अस्थिर थी, और अक्सर बिजली चली जाती थी। हर रात ठीक 11:15 बजे, उसके बेडरूम की लाइट अचानक बंद हो जाया करती थी।

शुरुआत में रॉक्सैना ने इसे एक मामूली परेशानी समझकर नज़रअंदाज़ कर दिया। उसने बस रात को जल्दी सोने की आदत डाल ली ताकि उसे परेशानी न हो। मगर हफ़्ते के आख़िरी दिनों में, जब वह देर रात तक अपने पसंदीदा उपन्यास पढ़ने में डूबी रहती थी, तो यह अचानक छा जाने वाला अंधकार उसे बेहद चिढ़ाने लगा।

एक रात, जब वह अपने पसंदीदा किताब के दूसरे भाग में एक रोमांचक मोड़ पर थी, तभी लाइट फिर से बंद हो गई। अब उसका सब्र जवाब दे गया।

अगले दिन, रॉक्सैना की मुलाक़ात उसकी पड़ोसन, मैरिएन नाम की एक खुशमिजाज बुजुर्ग महिला से हुई। रॉक्सैना ने अपनी परेशानी उसके साथ साझा की। मैरिएन ने सहानुभूति जताते हुए सिर हिलाया और कहा, "हाँ, हमारे गांव की बिजली वाक़ई बड़ी अनिश्चित है, मगर ये अजीब बात है कि तुम्हारे घर में हर रात एक ही समय पर लाइट बंद हो जाती है। शायद वायरिंग में कोई दिक्कत है।"

रॉक्सैना ने समस्या की जड़ तक पहुँचने का निश्चय किया और एक इलेक्ट्रिशियन को बुलवाया। उस आदमी ने घर की हर वायरिंग और कनेक्शन को ध्यान से जाँचा, मगर उसे कुछ भी गड़बड़ नहीं मिली। "यहाँ तो सब कुछ बिलकुल ठीक है," उसने हैरानी से सिर खुजाते हुए कहा।

रॉक्सैना हैरान थी, मगर उसने हार मानने से इनकार कर दिया।

"शायद दिक्कत स्विच में हो," रॉक्सैना ने सुझाव दिया। "हर सुबह मैं देखती हूँ कि स्विच नीचे किया हुआ होता है, जैसे किसी ने लाइट बंद की हो। मगर मैं तो हमेशा उसे ऊपर दबाकर लाइट जलाती हूँ।"

इलेक्ट्रिशियन ने स्विच बदलने पर हामी भर दी। "ठीक है, कल नया स्विच लेकर आते हैं और तुरंत बदल देते हैं," उसने कहा।

उस रात, रॉक्सैना हमेशा की तरह अपनी किताब पढ़ने बैठ गई। जब नींद आने लगी, तो उसने किताब साइड टेबल पर रख दी, यह सोचकर कि लाइट तो वैसे भी अपने आप बंद हो जाएगी, इसलिए उठने की ज़रूरत नहीं। मगर जैसे ही उसकी नज़र स्विच की ओर गई, उसका खून जम गया।

उसने देखा—साइड टेबल के पीछे से एक काला, सड़ा-सा दिखने वाला हाथ धीरे-धीरे बाहर निकला और स्विच तक पहुँचकर उसे बंद कर दिया।

रॉक्सैना डर के मारे बिस्तर से कूद पड़ी और कमरे से भाग निकली। उसने रात अपनी पड़ोसन मैरिएन के घर बिताई।

अगली सुबह उसने सबसे पहले उस साइड टेबल को घर से बाहर कर दिया।

उसके बाद से उसके कमरे की लाइट कभी अजीब समय पर बंद नहीं हुई।

•12•

जंपस्केयर्स

एमरी अपने कंप्यूटर पर बैठा था। ये बात 2010 के शुरुआती दशक की है, जब इंटरनेट पर जंपस्केयर्स यानी अचानक डराने वाले वीडियो बेहद लोकप्रिय थे। शुरुआत में, एमरी इनसे बहुत डर जाता था, लेकिन धीरे-धीरे वो इन झटकों का आदी हो गया था।

एक शाम, जब वो अपने पसंदीदा सोशल नेटवर्किंग साइट पर स्क्रॉल कर रहा था, उसे अपनी दूर की आंटी की शेयर की गई एक पोस्ट दिखी। पोस्ट में लिखा था, "इस गेम को खोलो, 10 में से 10 सवालों के सही जवाब दो, तभी तुम्हें आशीर्वाद मिलेगा। अगर नहीं..."

एमरी ने देखा कि उसके कई दोस्त, यहाँ तक कि उसके स्कूल के सहपाठी भी इस गेम को शेयर कर चुके थे और लाइक कर रहे थे।

थोड़ा सा जिज्ञासु और थोड़ा सा शक़ी होकर, उसने सोचा, "चलो, देख ही लेते हैं।"

उसने लिंक पर क्लिक किया।

गेम बहुत साधारण लग रहा था—आसान-से सामान्य ज्ञान के सवाल थे, जैसे: "यूके की राजधानी क्या है?" "दुनिया में कितने महाद्वीप हैं?"

ये तो एमरी के लिए बच्चों का खेल था। लेकिन सातवें सवाल पर उससे गलती हो गई—उसने गलत जवाब पर क्लिक कर दिया।

उसने मन ही मन सोचा, "अब क्या होगा? शायद कुछ नहीं।"

उसने कंधे उचकाकर गेम जारी रखा और आख़िरी सवाल तक पहुँच गया।

जैसे ही उसने आख़िरी सवाल का जवाब क्लिक किया, अचानक स्क्रीन पर एक डरावना जंपस्केयर चमका—नीचे एक संदेश भी था: "तुम हार गए।"

हालाँकि एमरी अब तक जंपस्केयर्स का आदी हो चुका था, लेकिन इस बार उसका दिल जोर से धड़क उठा। भयानक डरावने चेहरे की तस्वीर पूरे स्क्रीन पर छा गई, और फिर बिना किसी चेतावनी के उसका कंप्यूटर मॉनिटर काला हो गया।

एमरी ने राहत की साँस ली और सोचा, "चलो, खत्म हुआ।"

लेकिन जैसे ही उसने अपना सिर मोड़ा, उसकी रूह काँप उठी। वही भयानक चेहरा, जो अभी कुछ सेकंड पहले स्क्रीन पर था, अब हकीकत में, उसके ठीक बगल में था—सिर्फ कुछ इंच की दूरी पर।

उसकी चीख़ पूरे अपार्टमेंट में गूँज उठी... एक आख़िरी बार।

•13•

तुम यहाँ क्यों आए हो?

रात काफी देर हो चुकी थी, और मैं अपने अपार्टमेंट में अकेला था। शहर भी असामान्य रूप से शांत था। मैं एक मैगज़ीन पढ़ रहा था, तभी अचानक दरवाज़े की घंटी बजी। मेरे दिमाग में तुरंत मेरी गर्लफ्रेंड का ख्याल आया—वो आने वाली थी, लेकिन यह तय समय से पहले था। मैं दरवाज़ा खोलने के लिए उठा, मगर अचानक मेरे पेट में एक अजीब सा डर बैठ गया। शुक्र है कि मैंने दरवाज़ा खोलने से पहले झांकने वाले छेद (पीपहोल) से देखने का फैसला किया।

अब, मैं न जाने कितनी देर से दरवाज़े के सामने खड़ा हूँ, लगातार उसी पीपहोल से देख रहा हूँ। जो नज़ारा मैं देख रहा हूँ, उसने मेरी रूह तक को जमा दिया है—एक बेहद ज़र्द और बीमार सा आदमी, जो बिलकुल अचल खड़ा है, एकदम भयावह तरीके से। उसकी आँखें, जिनमें कोई जीवन नहीं बचा, सीधा उसी पीपहोल पर टिकी हैं... मानो उसे पता हो कि मैं उसे देख रहा हूँ।

मेरा दिल ज़ोर-ज़ोर से धड़क रहा है, और मेरी हर नस मुझे चुप रहने को कह रही है। उसका इस तरह जड़ होकर खड़े रहना सहन करना मुश्किल हो रहा है। मैंने सबसे पहले जो किया, वह था अपना फोन उठाना। कांपती हुई आवाज़ में मैंने अपनी गर्लफ्रेंड को कॉल किया और उसे तुरंत यहाँ न आने को कहा। वो घबराई हुई थी, परेशान भी, लेकिन मैंने वादा किया कि बाद में सब कुछ समझा दूँगा।

फोन काटने के बाद भी मैं लगातार उस आदमी को पीपहोल से देखता रहा। तुम सोच रहे होगे, कि मुझे अब पुलिस को कॉल कर लेना चाहिए, है न? पर मैं कैसे करूँ? मैं कैसे पुलिस को बुलाऊँ, जब मुझे पता है कि वो आदमी कौन है? कैसे बुलाऊँ, जब वही आदमी दरवाज़े के उस पार खड़ा है जिसे मैंने दो रात पहले अपनी गाड़ी से कुचल दिया था? वही आदमी, जिसे मैंने जंगल में दफना दिया था?

मुझे यकीन था कि किसी को कभी कुछ पता नहीं चलेगा। पर अब वो यहीं है—मेरे दरवाज़े के सामने, मुझे घूरता हुआ... मानो किसी चीज़ का इंतज़ार कर रहा हो।

मुझे नहीं पता मैं यहाँ और कितनी देर खड़ा रह पाऊँगा, और ना ही ये समझ पा रहा हूँ कि अब मुझे क्या करना चाहिए। सिर्फ इतना जानता हूँ कि मेरा अतीत अब एक बेहद बेरहम तरीके से मुझे अपने शिकंजे में कस रहा है।

•14•

वॉलपेपर

दफ़्तर में कॉफ़ी ब्रेक के दौरान, जस्टिन अपने मोबाइल के लिए एक नया वॉलपेपर ढूँढ रहा था। कई सारी तस्वीरों के बीच स्क्रॉल करते-करते, अंत में उसे एक बेहद प्यारी, मोटी बिल्ली की तस्वीर मिली, जिसे उसने तुरंत अपना वॉलपेपर बना लिया।

जैसे ही वह प्लास्टिक के कप में कॉफ़ी भर रहा था, उसकी साथी और क्रश सारा वहाँ आ गई। उत्साहित होकर, जस्टिन ने सोचा कि यही अच्छा मौका है उससे बातचीत शुरू करने का।

उसने जल्दी से फोन उठाया, पर जैसे ही उसने स्क्रीन देखी, वह सन्न रह गया।

उसने जिस बिल्ली की तस्वीर लगाई थी, उसकी जगह अब स्क्रीन पर एक फाँसी पर लटके हुए आदमी की डरावनी तस्वीर दिखाई दे रही थी। उसका दिल ज़ोर-ज़ोर से धड़कने लगा। हड़बड़ाकर उसने फोन बंद कर दिया।

सारा ने उसके चेहरे का रंग उड़ते देखा और पूछा, "सब ठीक है?"

जस्टिन थोड़ी देर झिझका, फिर काँपते हाथों से फोन फिर से चालू किया, यह सोचकर कि सारा को दिखाए कि उसे किस चीज़ ने डराया।

लेकिन इस बार, स्क्रीन पर वही प्यारी बिल्ली की तस्वीर वापस आ गई, बिल्कुल मासूम।

सारा हँसते हुए बोली, "कितनी प्यारी बिल्ली है! इसमें डरने वाली क्या बात थी?"

शर्म और उलझन में डूबा जस्टिन बुदबुदाया, "कुछ नहीं, शायद कोई गड़बड़ हो गई थी..." और बात टाल दी।

उस दिन शाम को, जब जस्टिन दफ़्तर से घर जाने के लिए लिफ्ट में चढ़ा, उसने एक बार फिर घड़ी देखने के लिए फोन उठाया।

लेकिन जैसे ही उसने स्क्रीन देखी, उसका खून जम गया—उस तस्वीर में अब केवल फाँसी पर झूलते पैर दिख रहे थे। डर के मारे उसके हाथ से फोन छूटकर गिर पड़ा।

उसी समय, एक अजनबी लिफ्ट में घुसा, उसने जस्टिन का फोन उठाया और मुस्कुराकर बोला, "वाह! कितनी बड़ी बिल्ली है! कितनी प्यारी!"

अजनबी ने फिर जस्टिन को गौर से देखा और कहा, "तुम बहुत ज़्यादा पीले दिख रहे हो। सब ठीक है?"

जस्टिन ने जबरदस्ती मुस्कुराते हुए सिर हिलाया, "हाँ, बस थक गया हूँ।"

उस दिन जस्टिन ने घर पहुँचते ही अपना मनपसंद शो तक छोड़ दिया और सीधा बिस्तर में जा लेटा, फोन से पूरी तरह दूर रहकर।

अगली सुबह, उसने डरते-डरते फोन देखा—स्क्रीन पर वही बिल्ली वाली तस्वीर थी।

उसने चैन की साँस ली, सोचते हुए, "मैंने बेवजह घबरा लिया था।"

लेकिन जैसे ही वह घर से निकलने ही वाला था, फोन स्क्रीन पर फिर वही भयानक तस्वीर आ गई—इस बार बग़ल से, और ज़्यादा स्पष्ट।

अब तो उसे यक़ीन हो गया कि उसका फोन हैक हो गया है।

डर और गुस्से में तड़पते हुए, जस्टिन सीधे पुलिस स्टेशन भागा। वहाँ जाकर उसने पूरी बात अफ़सर को बताई और अपना फोन सौंप दिया।

लेकिन अफ़सर ने स्क्रीन देखते हुए कहा, "यह तो बिल्कुल ठीक है। बस बिल्ली की तस्वीर है।"

जस्टिन बुरी तरह बौखला गया, उसने बार-बार स्क्रीन ऑन-ऑफ करके उसे सबूत दिखाने की कोशिश की, मगर कुछ भी काम नहीं आया।

हारकर, वह घर लौट आया, अंदर ही अंदर पागलपन और डर से टूटते हुए।

रास्ते में उसने तय कर लिया, "कल ही नया फोन और नंबर लूँगा। जिसने भी ये सब किया है, अब वो मुझ तक नहीं पहुँच सकेगा।"

उस दिन उसने खुद को फोन से पूरी तरह दूर रखा, टीवी देखता रहा, शाम को जल्दी सोने चला गया।

रात के बीचोंबीच, उसकी नींद अचानक किसी अजीब बेचैनी से खुल गई। बिना कुछ सोचे, उसने घबराहट में फोन उठाया ताकि टाइम देख सके।

जैसे ही उसने स्क्रीन अनलॉक की, वहाँ वही तस्वीर फिर से आ गई—इस बार पूरी तरह से साफ़।

और इस बार उसमें चेहरा भी दिख रहा था। वो चेहरा किसी और का नहीं, ख़ुद जस्टिन का था।

डर के मारे उसने चीख़ने के लिए मुँह खोला, लेकिन कुछ बोलने से पहले ही उसने महसूस किया कि कोई चीज़ उसकी गर्दन कस रही थी।

•15•

कोने में भूत

जब रिकी नेल्सन केवल छह साल का था, तभी से उसने अपने लिविंग रूम के एक कोने में एक अजीब भूत को देखना शुरू कर दिया था। वह भूत एक लंबा, बेहद ज़र्द चेहरा वाला आदमी था, जो पुराने ज़माने के कपड़े पहने रहता था। उसकी आँखें खाली थीं और वह दूर कहीं टकटकी लगाए देखता रहता था, बिल्कुल बिना हिले।

शुरुआत में रिकी बहुत डर गया। उसने अपने माता-पिता से उस भूत के बारे में बताया, लेकिन किसी और को वह दिखाई नहीं देता था, इसलिए उसके माता-पिता ने उसकी बात पर यक़ीन नहीं किया। उस भूत को छूकर यह साबित करना भी मुमकिन नहीं था कि वह असली है। वह भूत कभी हिलता-डुलता नहीं था, न ही कोई आवाज़ करता था, लेकिन उसकी लगातार मौजूदगी ने उस छोटे बच्चे को भीतर तक डरा दिया था।

रिकी कई हफ्तों और महीनों तक यह दावा करता रहा कि वह भूत को देखता है। यह देखकर उसके माता-पिता भी परेशान हो गए थे। एक रात रिकी ने अपने माता-पिता की बातचीत सुन ली, जिसमें वे यह चर्चा कर रहे थे कि कहीं उनका इकलौता बेटा मानसिक रूप से बीमार तो नहीं हो रहा। यह सुनकर छह साल के रिकी को गहरा झटका लगा और वह अकेलापन महसूस करने लगा। हालात और न बिगड़ें, इस डर से रिकी ने धीरे-धीरे भूत के बारे में बात करना बंद कर दिया, हालांकि वह अब भी उसे उसी कोने में खड़ा देखता रहा।

छह साल और बीत गए। अब रिकी के परिवार ने लिविंग रूम की सजावट बदलने का फैसला किया। उन्होंने फर्नीचर इधर-उधर कर दिया और उस कोने में एक बड़ा सा आलमारी रख दिया, जहाँ वह भूत खड़ा रहा करता था। भूत अब उनकी नज़रों से छिप गया, तो रिकी को भी अपनी पुरानी यादें धुंधली लगने लगीं। उसने खुद को यह यक़ीन दिला लिया कि शायद उसने बचपन में यह सब बस अपनी कल्पना में देखा था।

समय बीतता गया। स्कूल की पढ़ाई पूरी करने के बाद रिकी कॉलेज के लिए दूसरे शहर चला गया, और अपने बचपन के डर और भूत को पीछे छोड़ दिया। लेकिन छुट्टियों में जब वह घर लौटा, तो उसने पाया कि उसके माता-पिता ने फिर से लिविंग रूम का फर्नीचर बदल दिया था—इस बार वह आलमारी भी हटा दी गई थी। रिकी की हैरानी की हद नहीं रही जब उसने देखा कि वह भूत अब भी उसी कोने में खड़ा है, जैसे वह कभी गया ही न हो।

धीरे-धीरे रिकी उस भूत का आदी हो गया। कुछ ही दिनों बाद वह उससे डरना छोड़ चुका था, मगर उसने इस बारे में किसी से कोई बात नहीं की। एक शाम उनके नए पड़ोसी, रीड परिवार, खाने पर आए। रीड्स का बेटा जैक एक अजीब सा बच्चा था—बहुत चुप और गहरी नज़रों से देखता रहता था, जो रिकी को अपने बचपन की याद दिला रहा था।

डिनर के दौरान जैक बार-बार लिविंग रूम के एक ख़ास कोने की ओर देखता रहा।

खाने के बाद जैक चुपके से रिकी के पास आया और बोला, "तुम भी उसे देखते हो, है ना?"

उसने भूत की ओर इशारा किया।

रिकी अचानक सकपका गया, लेकिन उसने झूठ बोलते हुए कहा, "मुझे कुछ नहीं दिख रहा।"

जैक ने कंधे उचकाए और अपने परिवार के साथ चला गया। उस रात रिकी को जैक की बात बार-बार याद आती रही। अगले दिन, जब वह घर में अकेला था, तो उसने तय किया कि अब और नहीं सहा जा सकता। उसने स्थानीय पादरी फादर पीटर को फोन किया और घर आकर आशीर्वाद देने की गुहार लगाई।

फादर पीटर तुरंत आ पहुँचे। रिकी ने उन्हें सब कुछ विस्तार से बताया। पादरी ने पूरे घर में पवित्र जल छिड़का, हर कोने में आशीर्वाद दिया। जब वे लिविंग रूम के उस कोने तक पहुँचे, तो वह भूत धीरे-धीरे गायब होने लगा।

रिकी ने राहत की साँस ली और खुद से बुदबुदाया, "मैंने ये पहले क्यों नहीं किया?"

कई सालों बाद पहली बार उसके दिल को सुकून मिला।

अगले दिन रीड परिवार फिर उनके घर आया। छोटा जैक पूरे कमरे को ध्यान से देखता रहा, फिर अचानक रिकी से बोला, "भूत कहाँ गया?"

रिकी ने कंधे उचकाते हुए जवाब दिया, "मुझे पता नहीं तुम किस बारे में बात कर रहे हो।"

जैक का चेहरा गंभीर हो गया। उसने ठंडी आवाज़ में कहा, "तुम्हें पता होना चाहिए। अब तुमने उसे दोबारा घूमने की छूट दे दी है, सावधान रहो। अब वो तुम्हारा पीछा कर रहा है।"

रिकी के पूरे शरीर में झुरझुरी दौड़ गई। जैसे ही रीड्स उनके घर से निकले, रिकी फौरन अपनी साइकिल उठाकर पूरी ताक़त से चर्च की ओर भागा ताकि फादर पीटर से मिल सके।

रास्ते में जब वह एक व्यस्त चौराहे पर पहुँचा और ट्रैफिक सिग्नल के हरा होने का इंतज़ार करने लगा, तभी उसे अचानक किसी ने ज़ोर से पीछे से धक्का दिया। वह सीधे सड़क पर गिरा, जहाँ एक ट्रक उसकी ओर तेज़ी से बढ़ रहा था।

टक्कर से ठीक पहले, रिकी ने झटके से पीछे मुड़कर देखा, और आखिरी बार उसी जाने-पहचाने भूत का चेहरा देखा—इस बार वह ग़जब की क्रूर मुस्कान के साथ उसे घूर रहा था।

•16•

सेल्फ़ी

अक्टूबर की एक ठंडी शाम, मार्लीन ने अपनी जुड़वां बहन रेलीन को एक घातक बीमारी के चलते खो दिया। उस दिन के बाद से, मार्लीन गहरे अवसाद में डूब गई। उसका कमरे से बाहर निकलना तो दूर, अपार्टमेंट से बाहर कदम रखना भी मुश्किल हो गया था। दिन-रात वह बस दीवारों को निहारती रहती, बहन की यादों से बुरी तरह जकड़ी हुई।

हफ्तों तक खुद को कमरे में बंद रखने के बाद, एक दिन मार्लीन ने थोड़ी हिम्मत जुटाई और बाहर टहलने निकल पड़ी।

इधर-उधर यूँ ही भटकते हुए, वह एक सुविधा स्टोर (convenience store) पर जा पहुँची। सामान देखते हुए, अचानक उसकी टक्कर एडेला नाम की लड़की से हो गई, जिसे वह और रैलीन यूनिवर्सिटी के दिनों से जानती थीं।

एडेला का दोनों बहनों से कभी कोई अच्छा रिश्ता नहीं रहा था। वह हमेशा पीठ पीछे उनकी बुराई करती थी। रेलीन की मौत के बाद एडेला ने एक बार भी सांत्वना देने की ज़हमत नहीं उठाई थी।

एडेला को देखकर मार्लीन का मन कसैला हो गया। रास्ते भर वह बड़बड़ाती रही, "उफ्फ, मैंने क्यों खुद को ऐसे हाल में उसके सामने दिखा दिया? शायद उसने मुझे इस हालत में देखकर अंदर ही अंदर खुश महसूस किया होगा।"

गुस्से में भरी मार्लीन ने तय किया कि वह सोशल मीडिया पर खुशमिज़ाज और जिंदादिल दिखने वाली तस्वीरें पोस्ट करेगी, ताकि एडेला को जलन हो। जैसे ही वह घर लौटी, लगभग खाली पड़े अपने अपार्टमेंट में, मार्लीन ने महीनों बाद पहली बार शीशे के सामने बैठने की हिम्मत की।

जैसे ही उसने शीशे में खुद को देखा, उसे ऐसा महसूस हुआ जैसे शीशे में उसकी नहीं, रैलीन की परछाईं हो। मन भारी था, पर उसने खुद को संभाला। वह धीरे-धीरे मेकअप करने लगी, ताकि चेहरे पर छाई उदासी और थकावट को छुपा सके।

उसने खुद को वैसा ही जिंदादिल दिखाने की ठानी, जैसी वह कभी हुआ करती थी।

करीब एक घंटे तक मेकअप करने के बाद, मार्लीन अपने बिस्तर पर बैठ गई और फोन उठाकर सेल्फ़ी लेने लगी। लेकिन जब उसने कैमरे में देखा, तो दिल टूट गया।

तस्वीर में उसका सारा मेकअप जैसे गायब हो गया था। चेहरा बेहद पीला और बेजान लग रहा था, आँखों में कोई चमक नहीं थी।

झुंझलाहट में वह बड़बड़ाई, "क्या फायदा इस सबका?"

हताश होकर उसने मेकअप पोंछ दिया। आँखों से बहते आँसू चेहरे पर बचे-खुचे मेकअप में मिल गए।

थकी-हारी, वह बिस्तर पर लेट गई और फोन खोलकर वह सेल्फ़ी डिलीट करने लगी। तभी उसकी नज़र तस्वीर के बैकग्राउंड पर पड़ी, और उसका दिल ज़ोर से धड़क उठा।

तस्वीर ध्यान से देखने पर मार्लीन को एहसास हुआ—वो तस्वीर सेल्फ़ी कैमरे से नहीं, बल्कि पीछे वाले कैमरे से ली गई थी।

•17•

मंज़िल के संकेत

गेरार्ड डेवी एक बिज़नेस ट्रिप पर दूर-दराज़ के शहर ऐघेस्टर जा रहा था। युवावस्था में वह कई बार इस बस्ती में आ चुका था, इसलिए रास्ते से वह अच्छी तरह वाकिफ था। इस बार उसका मक़सद था स्थानीय लोगों को मनाकर उनके घर और ज़मीनें सस्ते दामों पर खरीदना।

अपनी महँगी स्पोर्ट्स कार में, गेरार्ड सूर्यास्त को क्षितिज के पीछे डूबते हुए देख रहा था। जैसे ही रात का अंधेरा गहराया, सड़कें सूनी होती चली गईं, यहाँ तक कि वह इकलौता ड्राइवर बचा। किसी चिंता से मुक्त, उसने रेडियो की आवाज़ तेज़ की, एक सिगरेट सुलगाई, और आराम से गाड़ी चलाता रहा।

थोड़ी देर बाद, उसे सड़क किनारे एक "रोड वर्क" (सड़क मरम्मत) का बोर्ड दिखाई दिया। लेकिन जैसे-जैसे वह करीब आया, कुछ अजीब लगा। सामान्य तौर पर, ऐसे बोर्ड पर एक आदमी की तस्वीर होती है जो फावड़ा चला रहा होता है, लेकिन इस बोर्ड पर उसके पास कुछ क्रॉस (crosses) बने थे, मानो कोई कब्रिस्तान का संकेत हो।

गेरार्ड हँस पड़ा, "वाह, यहाँ के लोग भी क्या-क्या मज़ाक करते हैं!" उसने इसे स्थानीय लोगों की शरारत मानकर अनदेखा कर दिया और आगे बढ़ गया।

तभी अचानक, उसकी कार से ज़ोर की आवाज़ आई, जैसे उसने किसी ठोस चीज़ से टक्कर मार दी हो। मगर हैरानी की बात यह थी कि गाड़ी बिल्कुल सामान्य चलती रही। उसने आसपास देखा—न कोई सड़क मरम्मत का काम, न कुछ और।

कुछ मील आगे, उसे एक "Children Crossing" (बच्चे सड़क पार कर रहे हैं) का बोर्ड दिखा। लेकिन यह बोर्ड भी बदला हुआ था। बच्चों की तस्वीरों पर सींग (horns) बने थे।

गेरार्ड फिर से हँस पड़ा, "इन गाँववालों का भी अजीब सेंस ऑफ ह्यूमर है!"

वह इन बातों को झटककर आगे बढ़ गया। तभी कुछ दूरी पर एक "STOP" साइन दिखाई दिया। मगर उस पर "GO BACK" (लौट जाओ) लिखा था। उसने इस अजीबोगरीब बदलाव को देखा ही था कि वह उस साइन को पीछे छोड़ते हुए तेज़ी से निकल गया।

थोड़ी घबराहट के साथ उसने सोचा, "क्या मुझे वापस मुड़ना चाहिए?"

लेकिन जैसे ही उसने ब्रेक पर पैर रखा, उसका दिल धड़क उठा—ब्रेक ने काम करना बंद कर दिया था.

गाड़ी बिना रुके दौड़ती जा रही थी। गेरार्ड ने बार-बार ब्रेक दबाए, लेकिन कोई असर नहीं हुआ। उसने हॉर्न बजाया, रास्ते में मदद की तलाश में इधर-उधर देखा, मगर सड़क पूरी तरह सुनसान थी।

अब वह उस जगह के करीब पहुँच रहा था जहाँ ऐघेस्टर का स्वागत बोर्ड हुआ करता था। लेकिन वहाँ अब जो बोर्ड था, उस पर लिखा था—"Hell" (नरक)।

उस बोर्ड के पार पूरा नज़ारा बदल गया। आसमान में आग की लपटें दिख रही थीं, ज़मीन डरावनी और काली थी, और सड़क किसी भयानक, अज्ञात दुनिया में सीधे जाती हुई दिखाई दे रही थी।

गेरार्ड ने बेतहाशा स्टीयरिंग पकड़ रखा था, गाड़ी पर काबू पाने की हर कोशिश नाकाम रही।

अब उसे समझ आ गया था—वह अब उस दुनिया में नहीं रहा जिसे वह जानता था। बल्कि, वह सीधे अंधकार के एक दूसरे लोक में दाखिल हो चुका था।

•18•

परछाईं

टेरेसा पिछले दस साल से अपने साधारण से एक-मंज़िला घर में शांति से रह रही थी। लेकिन हाल ही में, उसकी ज़िंदगी में कुछ बेहद अजीब और डरावनी घटनाएँ होने लगी थीं।

हर रात, जब वह अपने बिस्तर पर लेटती, उसकी खिड़की के बाहर एक आदमी की परछाईं दिखती थी। वह आकृति कभी हिलती-डुलती नहीं थी; बस रातभर उसी जगह खड़ी रहती, जब तक सुबह न हो जाए। टेरेसा को समझ नहीं आ रहा था कि उसे क्या करना चाहिए। डर और सतर्कता के चलते, वह बाहर जाकर उस परछाईं का सामना करने की हिम्मत नहीं जुटा पाई।

शुरुआत में उसने इसे नज़रअंदाज़ करने की कोशिश की, सोचते हुए कि शायद यह कोई सिरफिरा होगा, जो कुछ दिनों बाद बोर होकर खुद ही चला जाएगा। मगर उसकी उम्मीदें टूट गईं, क्योंकि वह साया हर रात लौट आता था।

आखिरकार, परेशान और तंग आकर टेरेसा ने स्थानीय पुलिस को बुलाया। एक पुलिस अफ़सर ने उसके घर के आसपास अच्छी तरह से जांच की, मगर कुछ भी असामान्य नहीं मिला। उसके पड़ोसी भी टॉर्च और कैमरे लेकर मदद को आए, मगर जैसे ही कोई और आता, वह परछाईं गायब हो जाती।

अब टेरेसा डर और हताशा के मारे रातों से डरने लगी थी। उसने सोना छोड़ दिया था। उसकी निगाहें हर वक़्त खिड़की पर टिकी रहतीं, बस परछाईं के लौटने का इंतज़ार करती वह मंजर कुछ ज़्यादा ही डरावना लगता, क्योंकि वह उसके काले रंग की दीवारों और खिड़कियों के फ्रेम में इतनी गहराई से घुल-मिल जाता था कि और भी भयानक लगने लगता था।

उसके दोस्त और परिवार वाले उसके हालात देखकर परेशान थे। उन्होंने उसे अपने घर आकर रहने के लिए भी कहा, मगर टेरेसा ने इनकार कर दिया। उसने तय कर लिया था कि वह अपने डर का सामना खुद ही करेगी, यह सोचते हुए कि शायद वक्त के साथ सब ठीक हो जाएगा।

एक ठंडी, अंधेरी रात, जब चाँद भी आसमान में नहीं था, टेरेसा ने आख़िरकार फैसला कर लिया कि अब बहुत हो चुका। उसने हिम्मत जुटाई, टॉर्च उठाई और घर के बाहर निकल पड़ी। घर के चारों तरफ़ गहरा सन्नाटा और ठंडी हवा ने उसके डर को और बढ़ा दिया था। उसका दिल ज़ोर-ज़ोर से धड़क रहा था, मगर उसने हिम्मत नहीं हारी।

टेरेसा ने घर का चक्कर लगाया, मगर बाहर कहीं कोई नहीं था। उसे थोड़ी राहत महसूस हुई, मगर उसके मन में अब भी सवाल थे।

उसी पल उसने ऊपर अपनी खिड़की की ओर देखा—और उसकी रूह काँप उठी।

खिड़की में वही परछाईं फिर से दिखाई दे रही थी।

उसी क्षण टेरेसा को सच्चाई का एहसास हुआ—वह परछाईं बाहर से नहीं, बल्कि उसके घर के अंदर से आ रही थी।

•19•

शरारती बच्चा

सूज़ी और इथन वॉकर, एक युवा दंपती, अपने सात साल के बेटे बिली के साथ एक पुराने लेकिन विशाल घर में रहने आए। यह घर उनके छोटे से परिवार के लिए बिल्कुल उपयुक्त लग रहा था।

उन्होंने पहले कुछ हफ़्तों में दीवारों को नए रंगों से सजाया, फर्नीचर ठीक से जमाया, और उस एक समय उदास दिखने वाले घर को खुशियों से भर दिया।

लेकिन बस कुछ ही दिनों बाद, सूज़ी ने घर की दीवारों पर अजीब, डरावने चित्र और अज्ञात प्रतीक उभरते देखे।

जब इथन काम से लौटा, तो सूज़ी ने उसे वो चित्र दिखाए, और दोनों ने मिलकर बिली से पूछा।

"बिली, क्या ये सब दीवारों पर तुमने बनाया है?" सूज़ी ने सख़्ती से सवाल किया।

बिली ने सिर हिलाया, "नहीं, मम्मी। मैं क्यों बनाऊँगा? वैसे भी, मेरे बनाए चित्र इससे कहीं अच्छे होते हैं।"

सूज़ी को शक तो हुआ, लेकिन घर में शांति बनाए रखने के लिए उसने बात को वहीं छोड़ दिया।

पर धीरे-धीरे दीवारों पर और भी चित्र उभरने लगे।

एक शुक्रवार को, बिली दो दिन के स्कूल ट्रिप पर दूसरे शहर चला गया। सूज़ी और इथन पूरे वीकेंड घर पर अकेले रह गए।

शनिवार सुबह, सूज़ी की आँख खुली तो उसने सीढ़ियों के पास एक नया चित्र देखा, जो पिछली रात वहाँ बिल्कुल नहीं था।

उसका दिल ज़ोर से धड़कने लगा। अगर बिली घर पर नहीं है, तो ये चित्र आखिर किसने बनाया?

सूज़ी की हालत देखकर इथन ने फ़ौरन लोकल पुलिस को बुलाया।

थोड़ी देर बाद ऑफ़िसर एलिसन और ऑफ़िसर स्टर्लिंग वहाँ पहुँचे।

उन्होंने दीवारों को ध्यान से देखा और फिर सुझाव दिया कि घर में निगरानी कैमरे लगाए जाएँ ताकि पता चल सके कि ये सब किसकी करतूत है।

"हम फुटेज की जाँच करेंगे और अगर कुछ अजीब दिखा, तो आपको बता देंगे," ऑफ़िसर एलिसन ने भरोसा दिलाया। "बुधवार तक रिपोर्ट लेकर लौटेंगे।"

चार दिन बाद, ऑफ़िसर वापस लौटे।

"हमने सारी रिकॉर्डिंग देखी," ऑफ़िसर स्टर्लिंग बोले, "हमें कुछ भी संदिग्ध नहीं दिखा। लगता है कि आपका बच्चा ही आपको चकमा दे रहा है।"

सूज़ी ने राहत की साँस ली। "चलो, अच्छा है," उसने इथन की तरफ़ मुस्कुरा कर देखा।

ऑफ़िसर जैसे ही बाहर निकलने लगे, तभी ऑफ़िसर एलिसन ने जाते-जाते हँसते हुए पूछा—"वैसे, आपकी बेटी किस क्लास में पढ़ती है?"

सूज़ी के चेहरे का रंग उड़ गया। उसके मुँह से काँपती आवाज़ निकली—"हमारी कोई बेटी नहीं है..."

•20•

मेरी प्रिये

मेरी, मेरी प्यारी पत्नी, मेरे लिए सब कुछ है, लेकिन मुझे कड़वी सच्चाई का एहसास है कि हमारा रिश्ता हमेशा से ही हमारे दोनों के लिए ज़हरीला रहा है। कभी-कभी मैं सोचता हूँ, काश हम कभी मिले ही न होते। लेकिन हम मिले, और हमने एक-दूसरे से प्यार कर लिया। जिस पल मेरी नज़र उस पर पड़ी, मैं समझ गया कि मैं कभी पहले जैसा नहीं रहूँगा। मैं उससे हद से ज़्यादा प्यार करता था, और अब भी करता हूँ, भले ही ये जानना असहनीय है कि अब वो मेरे लिए वैसा महसूस नहीं करती।

लेकिन बात सिर्फ़ इतनी ही नहीं है। मेरी के साथ सोना किसी भयानक बुरे सपने जैसा है। हर बार जब मैं नींद में जाता हूँ, उसकी चीख़ें मुझे आधी रात में जगा देती हैं, और जब मैं अपनी आँखें खोलता हूँ, तो उसके सुंदर शरीर को मेरे बगल में तड़पते हुए देखता हूँ—जैसे किसी बुरी आत्मा ने उसे अपने क़ब्ज़े में ले लिया हो।

फिर, जब उसकी तड़प ख़त्म होती है, वो उठकर बैठ जाती है और अपने ठंडे हाथों से मेरा गला दबाने लगती है। क्योंकि मैं अक्सर जब नींद से उठता हूँ तो आधा जागा हुआ होता हूँ, मेरी पहली सोच हमेशा यही होती है कि शायद उसे कोई डरावना सपना आ रहा है। इसलिए मैं उसे धीरे से जगाने की कोशिश करता हूँ। लेकिन जैसे-जैसे मेरा दिमाग़ पूरी तरह जागता है, मुझे एहसास होता है कि ये सब बेकार है। मैं चाहे जितनी भी कोशिश करूँ, वो नहीं जागती। वो नहीं रुकती।

मैं उससे बेहद प्यार करता हूँ, लेकिन मुझे समझ नहीं आता कि इस दुष्चक्र को कैसे तोड़ूँ। मैं उसे छोड़ भी नहीं सकता, पर इस तरह जीना भी अब मुमकिन नहीं है।

कई डरावनी रातों के बाद, मैंने उसके हमलों से खुद को बचाना शुरू कर दिया, जब तक कि वो शांत न हो जाए। मुझे लगता है, मुझे पता है कि मेरी ऐसा क्यों कर रही है। ये मेरी ही गलती है।

एक महीने पहले, जलन और ग़ुस्से में अंधा होकर, मैंने आपा खो दिया था। मुझे लगा था कि वो किसी और से मिल रही है, और मैं ये बर्दाश्त नहीं कर सका। मैंने उसे हमारे आँगन के किनारे बने पुराने कुएँ में धक्का दे दिया। मैं उसके खो जाने का ख़याल भी नहीं सह सका।

जैसे ही ये सब हुआ, मुझे तुरंत पछतावा हुआ। मैं कुएँ में कूद गया और उसे बाहर खींच लाया, तभी मुझे समझ आया कि मैं उसके बिना नहीं जी सकता। मेरी ज़िंदगी उसके बिना एक ज़िंदा नर्क बन जाती।

जिस पल मैंने उसे फिर से अपनी बाहों में लिया, मैंने कसम खाई कि मैं उसे कभी नहीं छोड़ूँगा, चाहे कुछ भी हो जाए।

अब, हर रात, मैं अपनी उस अक्षम्य गलती की सज़ा भुगत रहा हूँ। लेकिन कोई बात नहीं। मैं सब सह लूँगा, चाहे उसके हाथ मेरा गला घोंटना कभी बंद न करें। पर अब वो पहले से कहीं ज़्यादा ताक़तवर हो गई है—हर दिन और भी ज़्यादा शक्तिशाली, भले ही उसका कमज़ोर शरीर अब सड़ने और गलने लगा हो।

•21•

मुसीबत वाला मेहमान

गाँव के घर में रहना बहुत अच्छा है। मुझे हमेशा फ्लैट में रहने की बजाय ऐसा ही घर पसंद रहा है।

लेकिन एक चीज़ के बारे में मैंने पहले नहीं सोचा था—चूहे। और मेरा आलसी बिल्ली का बच्चा तो किसी काम का नहीं। कुछ दिन पहले वो भाग भी गया, और तब से दिखाई नहीं दिया।

एक शाम मैं अपने बैठक में बैठा हुआ था, एक पुरानी काली-सफेद फ़िल्म देख रहा था, कि अचानक स्टोरेज कैबिनेट के पीछे से तेज़ आवाज़ आई और मेरी शांति भंग हो गई।

चिढ़कर, मैंने अपनी कुर्सी के पास रखी लकड़ी की छड़ी उठाई और धीरे-धीरे आवाज़ की ओर बढ़ा। मैंने काफ़ी देर तक वहाँ खटखटाया, लेकिन कुछ नहीं हुआ, तो वापस अपनी कुर्सी पर आकर फ़िल्म देखने लगा।

करीब बीस मिनट बाद, फिर वही आवाज़ आई—इस बार रसोई से। मैं फिर से उठा और देखने गया कि क्या चल रहा है। रसोई का दरवाज़ा खुला हुआ था। उम्मीद थी कि शायद चूहा बाहर चला गया हो, मैंने बाहर झाँका और आवाज़ की दिशा में देखा।

लेकिन यह कोई चूहा नहीं था।

वह एक छोटा-सा आदमी था, जिसके पास लंबे नुकीले पंजे, पैने दाँत और बिखरे हुए बाल थे। उसका कद एक छोटे बच्चे जितना ही रहा होगा, लेकिन उसकी आँखें अंधेरे में चमक रही थीं और उनमें एक अजीब-सी नफ़रत थी। उस छोटे आदमी ने मुझे घूरकर देखा, कुछ बड़बड़ाया, और फिर मेरे बग़ीचे के कोने में ओक के पेड़ के पास झाड़ियों में गायब हो गया।

मैं एकदम स्तब्ध रह गया। ऐसा कुछ मैंने आज तक न देखा था, न कभी सोचा था।

लेकिन... मैंने कहानियाँ ज़रूर सुनी थीं।

मुझे अपने दादा की चेतावनी याद आई—अगर तुमने किसी इम्प (भूत-प्रेत जैसे जीव) को नाराज़ कर दिया, और उसने तुम्हें शाप दे दिया, तो एक भयानक अंजाम तुम्हारा इंतज़ार करेगा।

मैंने अपने डर को झटकने की कोशिश की। खुद को समझाया कि शायद मैं थकान से कुछ ज़्यादा ही सोच रहा हूँ।

थोड़ा शांत होने के लिए मैंने खुद को एक कप चाय बनाई और रसोई की टेबल पर बैठ गया।

तभी अचानक केतली ने सीटी मारी, जिससे मैं बुरी तरह चौंक गया।

मैंने ऊपर देखा—गैस का बर्नर अपने-आप जल गया था।

मैंने तुरंत स्टोव बंद किया, लेकिन उस क्षण मुझे यकीन हो गया कि बात यहीं खत्म नहीं हुई थी।

अब मुझे डर है—कई बार खतरा सामने नहीं दिखेगा, और मैं तैयार नहीं रहूँगा।

उस वक़्त क्या मैं समय पर प्रतिक्रिया कर पाऊँगा? मैं नहीं जानता।

•22•

देवदूत

यूफ़र्ड नाम के छोटे से शहर में अकेलेपन की महामारी फैल चुकी थी, और ज़्यादातर पहले साल के कॉलेज स्टूडेंट्स की तरह, मेलिसा भी एक डेटिंग ऐप पर बेमन से उंगलियाँ चला रही थी।

बाएँ और दाएँ स्वाइप करना अब थकाऊ हो गया था, तभी एक प्रोफ़ाइल ने उसकी नज़र रोक ली।

उस अकाउंट में न तो प्रोफ़ाइल फ़ोटो थी, न ही नाम, मगर बायो ने उसका ध्यान खींचा।

उसमें उन्हीं चीज़ों का ज़िक्र था, जिनमें मेलिसा की भी दिलचस्पी थी—गूढ़ विद्या और अलौकिक रहस्य।

उत्सुक होकर, मेलिसा ने बिना वक्त गंवाए उस अनजान शख़्स को मैसेज किया:

"हाय, तुम्हारा नाम क्या है?"

जवाब तुरंत आया:

"मैं तुम्हें अपना नाम नहीं बता सकता।"

मेलिसा ने भौंहें चढ़ाते हुए टाइप किया:

"क्यों? कहीं मैं तुम्हें पहले से जानती तो नहीं?"

"नहीं, लेकिन मैं तुम्हें जानता हूँ।" उस अजनबी का जवाब आया, जिसने मेलिसा को और ज़्यादा चौंका दिया।

"सच में? तो फिर ख़ुद को ज़रा ठीक से पहचानवा दो। वरना अगर तुमने अपना नाम नहीं बताया, तो मैं तुम्हें किसी पीछा करने वाले डरावने आदमी की तरह समझकर ब्लॉक कर दूँगी।"

थोड़ी देर बाद जवाब आया:

"ठीक है, अगर तुम ज़िद कर रही हो, तो बता देता हूँ।"

कुछ पलों तक कोई संदेश नहीं आया। मेलिसा ऐप बंद करने ही वाली थी कि तभी स्क्रीन पर मैसेज चमका:

"मैं एक देवदूत हूँ।"

मेलिसा हँस पड़ी।

"हाँ, ठीक है! मुझे अलौकिक चीज़ें पसंद हैं, मगर देवदूत? अब कुछ ज़्यादा नहीं हो रहा?"

"क्यों नहीं?"

मेलिसा ने थोड़ी देर सोचा, फिर टाइप किया:

"अगर तुम सच में कोई देवदूत हो, तो जब मैं 14 साल की थी और मेरा पैर कट गया था, तब कहाँ थे?"

जवाब तुरंत आया:

"मैं वहीं था, मेलिसा। तुमने उस दिन वही नीला फूलों वाला फ्रॉक पहना था, जो तुम्हारी माँ ने तुम्हारे लिए एक दिन पहले खरीदा था। शाम का वक़्त था, हल्की धूप थी, पतझड़ की हवाएँ चल रही थीं। तुम कार्टर स्ट्रीट पार कर रही थीं, तभी एक ग्रे वैन ने तुम्हें टक्कर मार दी थी।"

मेलिसा के हाथ काँप उठे। उसने डरते हुए टाइप किया:

"ये सब तुमने न्यूज़ में देखा होगा, है न?"

जवाब आया:

"नहीं। मैं देवदूत हूँ। मैं बहुत कुछ जानता हूँ। मुझे ये भी पता है कि जब तुम छह साल की थीं, तब तुमने अपने पपी 'गू' को पानी में डुबो दिया था, सिर्फ़ इसलिए

क्योंकि तुम्हें एक नया पपी चाहिए था। मुझे ये भी पता है कि एक बार पहाड़ों पर ट्रेकिंग करते समय तुमने अपने पाँच साल के कज़िन 'इयान' से कहा था कि अगर वो पुल से नदी में कूदेगा, तो उसे सुपरपावर्स मिलेंगी। उसने तुम्हारी बात मान ली और नीचे पत्थरों पर गिरकर मर गया।"

सन्नाटा छा गया। मेलिसा की साँसें तेज़ हो गईं। उसका दिल बुरी तरह धड़कने लगा। वो उन गुप्त बातों को पढ़ती रही, जो उसने कभी किसी से साझा नहीं की थीं।

काँपते हाथों से उसने टाइप किया:

"तुम्हें ये सब कैसे पता?"

जवाब आया:

"मैंने पहले ही तो कहा था—मैं देवदूत हूँ। मैं वहाँ था, उन सब पलों में।"

मेलिसा की आँखें फटी की फटी रह गईं। वो बार-बार मैसेज पढ़ती रही, कोई तर्क, कोई वजह ढूँढती रही कि आख़िर ये सब कैसे हो सकता है।

तभी एक और मैसेज आया:

"क्या तुम जानती हो, मुझे और क्या पता है?"

"क्या?"

"तुम्हारा पड़ोसी, मिस्टर हैस्टिंग्स, अभी तुम्हारे कमरे की ओर चाकू लेकर आ रहा है। ताले उसे कभी नहीं रोकते। देखा? तुम्हारा उस पर शक करना सही था।"

मेलिसा को सचमुच उसके दरवाज़े के बाहर मिस्टर हैस्टिंग्स के लँगड़ाते क़दमों की आवाज़ सुनाई देने लगी। वो डर के मारे थर-थर काँपने लगी।

घबराहट में उसने तेज़ी से टाइप किया:

"प्लीज़! अगर तुम सच में मेरे गार्जियन एंजेल हो, तो जल्दी आओ, कुछ करो!"

जवाब तुरंत आया, मगर वैसा नहीं था, जैसा उसने उम्मीद की थी।

सिर्फ़ हँसी के इमोजी की एक लंबी लाइन, फिर एक और मैसेज:

“मैंने कभी नहीं कहा कि मैं तुम्हारा गार्जियन एंजेल हूँ, मेलिसा। मैं तो मौत का देवदूत हूँ। जल्द ही मिलते हैं।”

•23•

मूवी नाइट

एक वीकेंड पर डायन अपनी सबसे करीबी दोस्त रोरी के छोटे से अपार्टमेंट में बैठी थी। दोनों ताज़ा गॉसिप में मशगूल थीं, जब रोरी किताबों और सीडीज़ के बेतरतीब ढेर को संभालने लगी।

"उफ़, कितनी फालतू चीज़ें जमा कर ली हैं मैंने। अब तक क्यों संभाल कर रखी थीं, खुद ही नहीं समझ पा रही," रोरी बड़बड़ाई और कुछ डीवीडीज़ एक ओर फेंकने लगी। डायन ने झट से एक डीवीडी पकड़ ली।

"ये तो दिलचस्प लग रही है। ये क्या है?" डायन ने पूछा, उस डीवीडी को उलट-पलट कर देखते हुए। "तुम्हें तो ये पसंद आई होगी, है ना?"

"अरे नहीं," रोरी ने ठंडी आवाज़ में जवाब दिया। "मैंने तो इसे कभी देखा ही नहीं। टॉड ने दी थी, लेकिन ये हॉरर मूवी है। मेरा टाइप नहीं है।"

"क्या मैं ले जाऊँ? आज रात देखूँगी," डायन ने उत्साहित होकर कहा। "तुम साथ देखोगी?"

"नहीं, रहने दो," रोरी ने मुस्कुरा कर मना कर दिया।

थोड़ी और गपशप के बाद डायन रोरी के घर से निकल आई। जैसे ही वह अपने घर पहुँची, उसने अपना पसंदीदा सोफ़ा ढूँढा, एक हाथ में रास्ते से उठाया पॉपकॉर्न का बड़ा कटोरा और दूसरे हाथ में वही डीवीडी।

कमरे की लाइट्स बुझा दी गईं, बस टीवी की धीमी रोशनी थी।

फिल्म शुरू हुई—धीमी, उबाऊ और बिना किसी डरावने माहौल के। डायन को जल्दी ही बोरियत होने लगी। उसके मन में आया, "कहीं गलत डीवीडी तो नहीं चला दी?" संगीत भी एकदम फीका था।

वह लगभग टीवी बंद ही करने वाली थी, जब अचानक कैमरा सड़क पर चलते एक राहगीर की तरफ़ घूम गया, और बिना किसी चेतावनी के, उसका सिर धड़ से अलग कर दिया गया।

डायन की आँखें आश्चर्य से फैल गईं।

सिरविहीन शरीर लड़खड़ाता रहा, तभी एक भयानक सा आदमी—मरी हुई, धुँधली आँखों वाला और झड़ती त्वचा वाला—उस शरीर को पकड़ कर खींचता हुआ एक झाड़ियों से भरे पुराने आँगन तक ले गया। उस आदमी ने शव को एक अजीब, मुरझाए से पेड़ की सबसे मोटी शाखा पर टांग दिया, जैसे वह कोई फल हो।

डायन अब पूरी तरह फिल्म में डूब चुकी थी। उसके मन में ख्याल आया, "अरे! ये पेड़ तो बिल्कुल मेरे आँगन वाले पेड़ जैसा है!"

अगले ही पल, कैमरा थोड़ा और पीछे गया, आँगन का और बड़ा हिस्सा दिखने लगा, और डायन के चेहरे से जैसे सारा रंग उड़ गया।

वह आँगन... हूबहू उसके अपने आँगन जैसा था।

घबराई हुई डायन झट से सोफ़े से उठी और खिड़की पर जा पहुँची। बाहर चाँदनी में डूबे आँगन को देखा—और वहीं, उसके छोटे पेड़ की शाखा पर वही सिरविहीन लाश टंगी थी।

लेकिन... कातिल कहीं नज़र नहीं आ रहा था।

डायन ने अपने मन को समझाया, "सब ठीक होगा, बस पुलिस को बुलानी है।"

वह मुड़ी, फोन उठाने ही वाली थी, कि तभी उसके पीछे से धीमी-धीमी खटखटाहट की आवाज़ आने लगी।

डायन का दिल धक् से रह गया। धीरे-धीरे उसने पीछे मुड़ कर टीवी की ओर देखा।

टीवी स्क्रीन पर अब वही भयानक कातिल का चेहरा था। उसकी मृत जैसी आँखें डायन की सीधी आँखों में झाँक रही थीं।

वह आदमी धीरे-धीरे मुस्कुराया, अपना गंदा, सड़ा-सड़ा सा हाथ उठाया और ऐसे टीवी स्क्रीन पर थपथपाने लगा जैसे वह कोई खिड़की हो—और उसकी नज़र डायन से एक पल को भी नहीं हटी।

•24•

ज़ोर से गाने वाला

नील कई सालों से अपने छोटे से अपार्टमेंट में शांति और सुकून से रह रहा था। मगर उस साल की गर्मियों में, अगस्त के आखिर से उसकी ये शांति अचानक टूट गई। उसके घर के सामने वाली गली से हर रात बहुत तेज़ और कर्कश गाने की आवाज़ आने लगी। ये गाना सिर्फ़ तेज़ ही नहीं था—बल्कि इतना असहनीय और चुभने वाला था कि उसकी रातों की नींद हराम हो गई।

शुरुआत में नील को लगा कि ये बस गर्मियों की पार्टियों का असर है, और जैसे ही पतझड़ आएगा, सब शांत हो जाएगा। लेकिन ऐसा नहीं हुआ। दिन बीतते गए, मगर हर रात वही गाना बजता रहा, और अब तो वो नील के लिए लगातार परेशानी का कारण बन गया था।

आख़िरकार, जब अब और बर्दाश्त नहीं हुआ, तो एक रात नील ने तय किया कि वह इस शोर की असली वजह पता लगाएगा।

वह अपार्टमेंट से बाहर निकला और उस आवाज़ का पीछा करने लगा। जैसे-जैसे वह सुनसान सड़कों पर आगे बढ़ता गया, गाने की आवाज़ और भी अजीब और डरावनी लगने लगी। गाना किसी अनजानी और अजीब सी भाषा में था जिसे नील समझ नहीं पा रहा था, और इसी वजह से माहौल और भी ज़्यादा रहस्यमय और भयावह हो गया।

आख़िरकार, नील एक पुराने स्टेडियम तक पहुँच गया, जो कई सालों से वीरान पड़ा था। उस खाली मैदान के बीचों-बीच एक आदमी खड़ा था, जो पूरी ताक़त से गा रहा था। वह आदमी लम्बा, दुबला-पतला था, उसके बाल बिखरे हुए थे, और कपड़े फटे-पुराने, जिससे सारा दृश्य और डरावना लग रहा था।

नील ने हिम्मत करके जैसे ही उस आदमी को आवाज़ देने का इरादा किया, अचानक गाना बंद हो गया।

वो आदमी धीरे-धीरे नील की ओर मुड़ा। उसकी आँखें फैली हुई थीं, पलकों तक नहीं झपक रही थीं, और उसका चेहरा बिल्कुल भावहीन और सख्त हो गया था।

कुछ पल के लिए नील वहीं खड़ा रह गया, जैसे उसका शरीर एकदम सुन्न पड़ गया हो। स्टेडियम के बीच खड़े उस आदमी को घूरते हुए, नील बिल्कुल पत्थर सा जम गया। चारों तरफ़ सन्नाटा छा गया, ऐसा सन्नाटा कि साँस लेना तक मुश्किल लग रहा था।

फिर अचानक, नील को ज़बरदस्त डर ने जकड़ लिया। वह पलटा और पूरी ताक़त से दौड़ते हुए वापस अपने अपार्टमेंट की ओर भागा।

उस रात के बाद से, स्टेडियम से आने वाली वह डरावनी आवाज़ हमेशा के लिए ख़ामोश हो गई।

मगर उसकी मुसीबत वहीं खत्म नहीं हुई। अब वही डरावना गाना एक नई जगह से सुनाई देने लगा—उसके बेडरूम की खिड़की के ठीक नीचे से।

•25•

तेरहवाँ

नोआ कामिन्स्की, एक युवा और होनहार संपादक, ने जैसे ही एक विज्ञापन पढ़ा कि एक दो-कमरों का अपार्टमेंट बेहद सुविधाजनक जगह पर वाजिब दाम में बिक रहा है, तो उसने तुरंत रियल एस्टेट एजेंट से संपर्क किया। उसी दिन, अपार्टमेंट देखकर, नोआ ने बिना झिझक उसे खरीदने का फैसला कर लिया।

नया अपार्टमेंट उसके दफ्तर, जो उस समय का एक मशहूर पब्लिशिंग हाउस था, से सिर्फ़ दस मिनट की दूरी पर था। मेहनती नोआ इस बात से बेहद खुश था, और साथ ही उसे अपने नए घर की शांति भी बहुत भा रही थी।

कुछ हफ्ते बाद, एक शाम, नोआ ने अपने अपार्टमेंट में कदमों की आवाज़ सुनी। शुरू में उसने ज़्यादा ध्यान नहीं दिया, यह सोचकर कि ऊपर वाले पड़ोसी होंगे। एक बार तो वह ऊपर जाकर पड़ोसियों से शांति बनाए रखने के लिए भी बोला, लेकिन पता चला कि वहां तो केवल एक बुज़ुर्ग महिला, लेना, रहती थीं, जो मुश्किल से चल-फिर भी पाती थीं।

इस बात से हैरान होकर, नोआ ने सोचा कि अगर आवाज़ें यूँ ही आती रहीं, तो बाकी पड़ोसियों से पूछताछ करेगा।

रातें बीतती रहीं, और कदमों की आवाज़ें भी आती रहीं। इस बार, नोआ ने तय किया कि वह ध्यान से सुनेगा, ताकि असली स्रोत का पता चल सके।

जल्द ही उसे डरावना अहसास हुआ—ये आवाज़ें उसके ही अपार्टमेंट के अंदर से आ रही थीं।

डर के मारे नोआ ने घर में हर जगह सुरक्षा कैमरे लगवा दिए। अब वह हर रात फुटेज चेक करता, लेकिन कोई भी असामान्य चीज़ कैमरों में नहीं दिखती थी।

बेहद परेशान और घबराए हुए, नोआ ने आखिरकार ऊपर वाली पड़ोसी, मिसेज़ लेना से, अपने अपार्टमेंट का इतिहास जानने का निश्चय किया।

लेना बोलीं, "हाँ बेटा, उस अपार्टमेंट के बारे में मैं जानती हूँ। इस इमारत में रहने वाला हर कोई जानता है। आखिर, मैंने खुद वहां कई बार पुलिस आती देखी है... जो भी उस अपार्टमेंट में रहा, एक साल के अंदर उसकी मौत हो गई। और कभी ये पता नहीं चला कि मौत कैसे हुई। हर बार हालात रहस्यमय थे।"

"क्या आप सच कह रही हैं?" नोआ ने हक्के-बक्के होकर पूछा।

"हाँ। लेकिन चिंता मत करो," लेना ने उसे तसल्ली देते हुए कहा, "तुम अच्छे इंसान लगते हो। मुझे नहीं लगता कि कोई तुम्हें नुकसान पहुँचाएगा।"

फिर भी डरे हुए नोआ ने उन्हें धन्यवाद कहा और वहाँ से चला गया।

अब जवाब पाने के लिए, नोआ अपने पब्लिशिंग हाउस के आर्काइव्स में गया, और घंटों पुराने अखबारों की धूल भरी फाइलें पलटता रहा।

काफी मशक्कत के बाद, उसे आखिरकार एक खबर मिली—"मॉर्निंग डाइजेस्ट" नामक अखबार का एक पुराना अंक, जिसमें उसी पते पर एक मृतक के मिलने की खबर थी।

सुर्खियों में लिखा था—"कुख्यात 'मौत के घर' में बारहवाँ शिकार मिला।"

नोआ उस खबर को अपने घर ले आया, और अपने लिविंग रूम में बैठकर पढ़ने लगा।

जैसे-जैसे वह पढ़ता रहा, उसने बुदबुदाते हुए कहा, "बारह? ये तो बहुत ज़्यादा है..."

तभी, अचानक, वही जानी-पहचानी कदमों की आवाज़ फिर से गूँज उठी।

उसका दिल ज़ोर से धड़कने लगा। अब वह भागने या छुपने की बजाय चुपचाप सुनने लगा। वह ध्यान से सुनते हुए आवाज़ के स्रोत का अंदाजा लगाने की कोशिश कर रहा था। तभी, उसकी नज़र वापस अखबार पर पड़ी—और वह भय से सन्न रह गया।

अब वही सुर्खी बदल चुकी थी। वहाँ लिखा था—"कुख्यात 'मौत के घर' में तेरहवाँ शिकार मिला।"

नोआ ने आंखें मिचमिचाते हुए अखबार को फिर देखा, सोचा शायद उसका दिमाग ही खराब हो रहा है।

डर से कांपते हुए, उसने कैमरे की फुटेज देखने का फैसला किया। लेकिन अब उसे ज़्यादा कुछ करने की ज़रूरत नहीं थी—क्योंकि वह साफ़ सुन सकता था कि कदमों की आवाज़ सीधे उसकी तरफ़ ही बढ़ रही थी।

अगली सुबह, "मॉर्निंग डाइजेस्ट" का नया अंक न्यूज़स्टैंड्स पर आ चुका था।

और इस बार सुर्खियों में मोटे अक्षरों में छपा था:

"कुख्यात 'मौत के घर' में तेरहवाँ शिकार मिला।"

•26•

सपने

डेसमंड को बार-बार एक ही सपना आता था, जिसमें उसके दादा — जो कई साल पहले गुजर चुके थे — हर बार दिखाई देते। यह सपना अब तक दसवीं बार आ चुका था, और हर बार डेसमंड पहले से ज़्यादा बेचैन और असहज महसूस करता।

एक दोपहर, जब वह अपने ताज़ा डरावने सपने से बेहद परेशान था, तो वह अपने करीबी दोस्त जेम्स के घर गया, जो कुछ ही दूर रहता था।

डेसमंड ने कहा,

"मुझे फिर से दादा का सपना आया है... अब ये सब सहन नहीं हो रहा।"

जेम्स ने बात को हल्के में लेने की कोशिश की,

"अरे, सपनों की इतनी चिंता मत कर। सपनों में तो कुछ भी आ सकता है। आख़िर वो तुम्हारे दादा ही तो हैं।"

लेकिन डेसमंड ने सिर हिलाया। उसका चेहरा ज़र्द पड़ चुका था।

"नहीं, ये बस सपना नहीं है। ये तो डरावना ख़्वाब है। वो मुझे इतने गुस्से से देखते हैं... जैसे मुझसे नाराज़ हों।"

जेम्स कुछ देर सोचता रहा, फिर गंभीरता से बोला,

"कहीं ऐसा तो नहीं कि तुमसे कोई गलती हुई हो?"

डेसमंड चुप हो गया। कुछ पलों बाद, उसने बमुश्किल कहा,

"वो अकेले मरे थे... और मुझे लगता है कि इसमें मेरी लापरवाही भी थी। मुझे उनके पास होना चाहिए था, लेकिन मैं नहीं गया।"

यह सुनकर जेम्स का चेहरा गंभीर हो गया। उसने कहा,

"तुम्हें पता है, एक पुरानी मान्यता है —अगर सपनों में बार-बार कोई मरा हुआ इंसान दिखे, तो इसका मतलब है कि उसकी आत्मा सच में तुम्हारे पास आ रही है।"

ये सुनते ही डेसमंड के माथे पर ठंडी पसीने की बूंदें झलक आईं। उसने ज़बरदस्ती हँसने की कोशिश की,

"बस-बस, ये सब बेवकूफ़ी है, अंधविश्वास... कुछ नहीं होता ऐसा।"

उस रात, डेसमंड अपने अपार्टमेंट लौटा। वह खुद को समझाने की बहुत कोशिश करता रहा, लेकिन दादा का वो डरावना चेहरा बार-बार उसके ज़ेहन में लौट आता।

आख़िरकार, थकान भारी पड़ गई, और वह गहरी नींद में चला गया।

जैसा उसे डर था, वही हुआ। एक बार फिर, उसके दादा सपने में आ गए। इस बार भी वे अंधेरे में खड़े थे, चेहरे पर वही सख़्त गुस्से और नाराज़गी भरा भाव।

डेसमंड हड़बड़ाकर पसीने-पसीने होकर जाग गया। कुछ देर तक वह बिस्तर पर जड़ सा पड़ा रहा, डर के मारे हिल भी नहीं सका।

तभी जेम्स की कही बात उसके दिमाग़ में गूंज उठी —"अगर सपनों में मरे हुए लोग दिखें, तो इसका मतलब है कि उनकी आत्मा असलियत में तुम्हारे पास मौजूद है।"

डेसमंड ने डर को दबाया, और काँपते हुए, धीरे-धीरे अपने शरीर को हिलाना शुरू किया। काफी मशक्कत के बाद, उसने गर्दन मोड़ी और अपने बिस्तर के किनारे की ओर देखा।

अंधेरे में अब उसकी आँखें कुछ देखने के क़ाबिल हो चुकी थीं, और वही चीज़ उसके सामने थी जिससे उसे सबसे ज़्यादा डर था. सपने जैसा ही चेहरा, ठीक वैसा ही साया, उसी डरावने लुक से उसे घूरता हुआ.

उसके दादा उसके बिस्तर के बगल में खड़े थे।

•27•

समर्पित फ़िल्म निर्माता

दूर-दराज़ के छोटे से गाँव श्लाका में, विलियम लैम्बर्ट कई ग्रामीणों के रहस्यमय ग़ायब होने की गुत्थी सुलझाने निकला था। गाँव में अफ़वाहें फैल चुकी थीं कि हर साल होने वाले वार्षिक धार्मिक उत्सव के दौरान लोग चर्च के भीतर ग़ायब हो जाते हैं।

जिज्ञासा और एक सनसनीख़ेज़ डॉक्युमेंट्री बनाने के लालच में, विलियम ने इस रहस्य की तह तक जाने की ठान ली।

जब विलियम श्लाका पहुँचा, तो गाँव के बुज़ुर्ग ने उसे विस्तार से सारी बात बताई—"जो भी लोग ग़ायब हुए, वो सब चर्च के अंदर ही लापता हुए थे, और चर्च पिछले कई दशकों से बंद है। इसे साल में बस एक ही बार, वार्षिक समारोह के दिन ही खोला जाता है। तुम्हें आठ महीने इंतज़ार करना पड़ेगा। तभी तुम अंदर जाकर शूटिंग कर पाओगे।"

लेकिन विलियम के पास इतना समय नहीं था—उसका करियर दाँव पर था। जिद्दी और बेचैन होकर, उसने उसी रात अपने कैमरे के साथ चोरी-छुपे चर्च में घुसने का फ़ैसला कर लिया। अंधेरे में, जब वह उस पुराने पत्थर के चर्च के करीब पहुँचा, उसका दिल ज़ोर-ज़ोर से धड़कने लगा।

लेकिन जैसे ही उसने रिकॉर्डिंग शुरू करनी चाही, उसका कैमरा काम करना बंद कर गया। निराश होकर वह बड़बड़ाया, "क्या झंझट है इस कैमरे के साथ?"

तभी, अचानक, चर्च का एक विशाल लकड़ी का दरवाज़ा धीरे-धीरे चरमराते हुए खुलने लगा। विलियम का पहला ख़याल यही था कि शायद उसे कोई पकड़ने आ गया है। पर भागने के बजाय, उसने साहस करके दरवाज़े के पास झाँक कर देखा—पर दरवाज़ा अब पूरी तरह बंद था।

उसका दिल जिज्ञासा से भर गया। उसने दरवाज़े को ध्यान से देखा, तो पाया कि उस पर कोई प्राचीन भाषा में लिखा हुआ शिलालेख उकेरा गया था। विलियम ने

उसे कॉपी किया और गाँव की लाइब्रेरी से मिले एक पुराने शब्दकोश की मदद से अपने होटल में बैठकर अर्थ निकालने की कोशिश की।

अनुवाद पढ़कर उसके रोंगटे खड़े हो गए—"भीतर मत जाना; ईश्वर से दूर मत होना।"

अगली रात, विलियम फिर से ज़्यादा तैयारी के साथ चर्च पहुँचा। पर इस बार भी कैमरे ने काम करने से इनकार कर दिया। तभी उसे फिर वही आवाज़ सुनाई दी—पिछली रात खुले दरवाज़े के पीछे से आती हुई सरसराहट। वह मुड़ा, तो देखा एक पीली, डरावनी हथेली दरवाज़े के पीछे से बाहर निकल रही थी।

डर के मारे उसके होश उड़ गए। उसने सोचा, "हे भगवान, किसी ने मुझे देख लिया! अब मैं पकड़ा गया!" और भागते हुए वहाँ से निकल गया।

अगले दिन, वह पूरे दिन घबराया रहा, पर हैरानी की बात यह थी कि गाँव में किसी को उसके कारनामे की भनक तक नहीं लगी थी। इससे उसे और हिम्मत मिली। तीसरी रात, विलियम और भी बेहतर कैमरों के साथ लौट आया। मगर फिर वही—कोई कैमरा काम नहीं कर रहा था।

अब उसे अहसास हुआ कि यह जगह कुछ ज़्यादा ही डरावनी है। वह हार मानकर वापस लौटने ही वाला था कि फिर वही विशाल दरवाज़ा चरमराने लगा।

इस बार, जिज्ञासा के मारे वह भागकर दरवाज़े की ओर बढ़ा, लेकिन रास्ते में उसका पैर फिसल गया और वह गिर पड़ा।

गिरते हुए वह बड़बड़ाया, पर जब उसने सिर उठाया, तो उसका दिल दहल गया।

दरवाज़े के पीछे से अनगिनत भूतिया हाथ बाहर निकल रहे थे—उसे अपनी ओर खींचने के लिए।

श्लाका गाँव की शांति को उस रात एक बेतहाशा, घबराई हुई चीख़ ने चीर दिया।

गाँव वाले जाग उठे और दौड़कर चर्च की ओर पहुँचे। पर अगली सुबह, चर्च के अंदर सब कुछ वैसा ही था—सिर्फ़ विलियम के छोड़े हुए कैमरों के अलावा कोई सुराग नहीं मिला।

पूरी तलाश के बावजूद, विलियम लैम्बर्ट कभी नहीं मिला। और श्त्राका के चर्च और उसके ग़ायब हुए लोगों का रहस्य आज तक अनसुलझा ही रह गया।

•28•

अपराधी या नहीं?

रात के समय, मैं हमेशा अपने घर के दरवाज़े और खिड़कियाँ बंद कर देता हूँ। मेरे सबसे करीबी दोस्त भी मुझे हद से ज़्यादा सतर्क कहते हैं, मगर मुझे फर्क नहीं पड़ता। यह मेरी अपनी सुरक्षा की आदत थी।

मगर आज, पहली बार, मुझसे एक चूक हो गई। मैं नीचे वाले लिविंग रूम की खिड़की बंद करना भूल गया था।

मैं अपने बेडरूम में टीवी देख रहा था जब अचानक मुझे नीचे से किसी के कदमों की आहट सुनाई दी। मेरी सांसें थम गईं। मैंने तुरंत लाइट बंद कर दी और पिस्तौल निकाल ली, जिसे मैं हमेशा अपनी ड्रॉअर में छुपा कर रखता था। ईमान से कहूँ तो, मैं उस पिस्तौल को हाथ में लेना बिल्कुल नहीं चाहता था।

फिर अगली ही पल, मैं हॉलवे की दीवार के पीछे छुपा खड़ा था, पिस्तौल को कस कर पकड़े हुए। मैंने ठान लिया कि अगर वह व्यक्ति चाकू लेकर मेरी ओर बढ़ा, तो मैं गोली चला दूँगा।

मेरे दिमाग में हजारों ख्याल दौड़ रहे थे। उसके क़दमों की आवाज़ अब और करीब आती जा रही थी।

और फिर मैंने उसे देखा— काले कपड़ों में एक आदमी, जिसकी परछाई चाँद की हल्की रोशनी में झलक रही थी।

जैसे ही उसने मुझे देखा, वह तेज़ी से मेरी ओर दौड़ा। मैंने बिना कुछ सोचे घोड़ा दबा दिया और उसके सिर पर गोली मार दी। वह ज़मीन पर गिर गया।

मगर मैं यहीं नहीं रुका। मैंने संतोष के लिए तीन और गोलियाँ चलाईं। पर सच कहूँ, सिर पर गोली खाने के बाद भी कौन ज़िंदा बचता है?

मेरे हाथ बुरी तरह काँप रहे थे, पर मुझे पता था कि अब पुलिस को कॉल करना ही होगा। मैंने फोन उठाया और 911 डायल करने लगा। मेरे मन में बस एक बात थी— "अब तो मुझे जेल जाना ही पड़ेगा। इससे बुरा क्या हो सकता है?"

लेकिन तभी, कॉल करने से पहले, एक डरावना एहसास हुआ— इससे भी बुरा कुछ हो सकता था।

वो शव, जिसे मैंने चार बार गोली मारी थी, धीरे-धीरे उठने लगा... जैसे कुछ हुआ ही न हो।

•29•

परिणाम

डैनियल हार्पर अपनी प्यारी पत्नी क्लेयर के साथ एक सपनों जैसे हनीमून से लौटा था। दो हफ्ते तक वे सुनहरी रेत वाले समुद्री तटों पर खुशियों से सराबोर रहे थे, और अब डैनियल बेसब्री से अपने ऑफिस के साथियों से ये खुशखबरी बाँटने को उत्सुक था।

जैसे ही डैनियल ऑफिस पहुँचा, उसे बधाइयों के साथ गले लगाना और हँसी-मज़ाक का सामना करना पड़ा। वह खुशी से फूला नहीं समा रहा था। हालाँकि उसके टेबल पर काम का अंबार लगा हुआ था, फिर भी उसके दिल में खास उमंग थी, क्योंकि उस रात उसकी और क्लेयर की नव-खुले कैफे में एक रोमांटिक डिनर डेट थी।

शाम होते ही बहुप्रतीक्षित डेट आ ही गई। सजल मोमबत्तियों की रोशनी में वे दोनों रेड वाइन का आनंद ले रहे थे। लेकिन तभी डैनियल की नज़र खिड़की के बाहर गई, जहाँ कोई जानी-पहचानी शख्सियत खड़ी थी—उसकी पुरानी गर्लफ्रेंड, रेनाटा।

यह बात सामान्य होती, अगर रेनाटा की मौत एक साल पहले न हुई होती। रेनाटा ने उसी ऊँची बिल्डिंग से छलांग लगाई थी, जहाँ डैनियल ने उसे छोड़कर क्लेयर से शादी कर ली थी।

"क्या हुआ, डैनियल?" क्लेयर ने पूछा, जब उसने देखा कि डैनियल का चेहरा सफेद पड़ गया है।

"कुछ नहीं, जान," डैनियल ने मुश्किल से मुस्कराते हुए कहा। उसने दोबारा खिड़की की ओर देखा, पर वहाँ अब केवल सामने की बिल्डिंग ही थी।

उसने खुद को समझाया कि शायद वाइन का असर था।

शाम तो शांतिपूर्वक गुजर गई, पर अगले दिन से डैनियल की ज़िंदगी डरावने सपने जैसी बन गई।

अगली सुबह, डैनियल को अपने ऑफिस के दरवाजे के नीचे एक हाथ से लिखी चिट्ठी मिली, जिसमें लिखा था:

"अपनी पत्नी से तलाक लो!"

डैनियल ने इसे घटिया मज़ाक समझकर नज़रअंदाज़ कर दिया, पर अगले दिन फिर एक चिट्ठी आई:

"अगर तुमने तलाक नहीं लिया, तो कोई मरेगा।"

डरावने संदेश अब धीरे-धीरे भयानक रूप लेने लगे। हर चिट्ठी के साथ अब उनके घर की कोई चीज़ आती—डैनियल की पसंदीदा अंडरवियर, क्लेयर की हेयरपिन, उनकी शादी का मुरझाया हुआ फूल... साफ़ था—कोई उनकी ज़िंदगी में घुसपैठ कर रहा था।

डैनियल ने पुलिस को बुलाया। पुलिस ने पूरा घर छान मारा, पर उन्हें कुछ नहीं मिला।

लेकिन डर का साया अब भी छाया रहा।

अंततः एक और नोट आया—सबसे भयानक: "आज रात तुम्हारी पत्नी मरेगी।"

डैनियल ने अब घर भर में सिक्योरिटी कैमरे लगवाए और खिड़कियाँ कस कर बंद कर दीं।

उस रात, दोनों पति-पत्नी बेचैन दिलों में डर छिपाए सोने चले गए। डैनियल ने नींद से लड़ने की कोशिश की, पर थकान के आगे हार गया।

आधी रात को चादर की सरसराहट से डैनियल की नींद टूटी। उसने आँखें मिचमिचाईं और देखा—चाँदनी में क्लेयर का चेहरा साफ़ दिख रहा था। संतोष की साँस लेते हुए वह फिर से सो गया।

सुबह की पहली किरणें कमरे में उतर आईं। धीरे-धीरे डैनियल की आँखें खुलीं।

उसने सामने अपनी प्यारी पत्नी का चेहरा देखा।

मुस्कराते हुए उसने क्लेयर के कंधे पर हाथ बढ़ाया—पर हाथ खाली बिस्तर पर पड़ा।

घबराकर डैनियल एकदम उठ बैठा।

ध्यान से देखा तो क्लेयर का चेहरा अब भी वहीं था—पर बुरी तरह पीला और अजीब सी शांति से भरा।

डरते-डरते डैनियल ने चादर पूरी हटा दी—वहाँ उसकी पत्नी का शरीर कहीं नहीं था... बस उसका कटा हुआ सिर तकिये पर रखा था, चेहरे पर वही शांत, जमी हुई मुस्कान।

•30•

मेरा ख़ज़ाना

1960 के दशक में, एरिक गुंड्री नाम के एक प्रसिद्ध पुरातत्वविद् अपने करियर के चरम पर थे। 1967 में, अपनी एक एकाकी खोज के दौरान, उन्होंने एक प्राचीन समाधि खोज निकाली, जिसे माना जाता था कि यह सैकड़ों साल पहले की एक अत्यंत सम्मानित पुजारिन वेरा की थी।

ग्रामीण कहानियों के अनुसार, अपने अंतिम वर्षों में वेरा की प्रतिष्ठा बुरी तरह धूमिल हो गई थी, क्योंकि उस पर यह आरोप लगे थे कि उसने काले जादू के ज़रिए अपने साथियों के साथ विश्वासघात किया था। कहा जाता था कि मरने से पहले, वेरा को डर था कि उसके बाद कोई उसकी समाधि को अपवित्र कर सकता है। इसी डर के कारण उसने सार्वजनिक रूप से सबको चेतावनी दी थी कि जो कोई भी उसकी समाधि को छेड़ेगा, वह भयानक श्राप का शिकार होगा। उसने सबको वहाँ से दूर रहने को कहा था।

इस खोज से रोमांचित और पेशेवर जिज्ञासा से प्रेरित होकर एरिक ने इस चेतावनी को पूरी तरह नज़रअंदाज़ कर दिया। सावधानी से खुदाई करने के बाद, उन्होंने समाधि में सोने की कई कीमती वस्तुएँ खोज निकालीं—सिक्के, आभूषण, प्याले और सोने की ईंटें।

शुरुआत में एरिक थोड़े हिचकिचाए, मगर अपने काम की आर्थिक अनदेखी से तंग आ चुके थे। अंततः उन्होंने ख़ज़ाने को छिपा लिया, यह सोचकर कि धीरे-धीरे उसे काले बाज़ार में बेच देंगे।

उन्होंने वेरा के शव को वैसे ही छोड़ दिया और समाधि से बाहर आ गए। ख़ज़ाने को चुराकर अपने पास रखने का इरादा करके, एरिक ने अपनी इस खोज की सूचना किसी भी अधिकारी को नहीं दी।

इस नये ख़ज़ाने की बदौलत एरिक ने एक शानदार मकान ख़रीदा, जिसमें सफेद शटर लगे थे और जो एक संपन्न इलाक़े में था। इसके बाद वह पूरी शान-ओ-शौकत से रहने लगे।

सब कुछ बढ़िया था, सिवाय एक चीज़ के—हर रात उन्हें आने वाले भयानक सपने, जो उनकी नींद में खलल डालते थे।

हर सपने में एक बूढ़ी, भूत जैसी महिला, जो काले कपड़ों में लिपटी होती थी, उनकी ओर बढ़ती थी, जबकि हर बार पीछे का दृश्य बदलता रहता था—कभी घना, बर्फ़ से ढका जंगल, कभी सुनसान राजमार्ग, और इसी तरह। मगर महिला वही रहती थी, उसकी उपस्थिति उतनी ही भयावह।

शुरुआत में एरिक ने इन सपनों को नज़रअंदाज़ किया, यह सोचकर कि यह सिर्फ़ अपराधबोध की उपज है, मगर एक रात उन्होंने सपना देखा जिसमें वह महिला उनके शहर के प्रवेश द्वार पर पहुँच चुकी थी।

अब एरिक घबरा गए। उन्होंने खुद को तसल्ली देने की कोशिश की, मानो ये सब उनकी कल्पना मात्र हो, मगर सपने बंद नहीं हुए—बल्कि महिला, जो शायद वेरा ही थी, हर रात उनके और क़रीब आती जा रही थी।

एरिक का दिल डर से भर गया।

अब उन्हें लगने लगा कि इन डरावने सपनों से बचना असंभव है। उन्होंने तुरंत शहर छोड़ने का फ़ैसला कर लिया।

उन्होंने जल्दी-जल्दी सामान बाँधना शुरू किया और हवाई टिकट बुक करने के लिए कॉल किया, मगर खराब मौसम की वजह से सभी उड़ानें रद्द हो चुकी थीं।

"ठीक है, कल का इंतज़ार करता हूँ। आज रात तो मैं बिल्कुल नहीं सोऊँगा, एहतियातन," एरिक ने सोचा।

रात काटने के लिए, वह अपने तहख़ाने में उन पुरावशेषों को देखने और जाँचने लगे, जो उन्होंने समाधि से लाए थे।

मगर काम करते-करते उन पर थकान हावी होने लगी, और धीरे-धीरे उनकी आँखें बंद हो गईं।

इस बार सपना पहले से कहीं ज़्यादा सजीव और भयावह था। एरिक एकदम जड़ हो गए थे, हिल भी नहीं पा रहे थे—बस असहाय होकर देख रहे थे कि वेरा उनके आँगन में दाखिल हुई, फिर धीरे-धीरे घर के मुख्य दरवाज़े तक पहुँची।

घबराए हुए एरिक पूरी ताक़त से जागने की कोशिश कर रहे थे, मगर सब व्यर्थ था।

वह कुछ नहीं कर सके, बस देख सकते थे कि वेरा अब उस कुर्सी तक आ चुकी थी, जिस पर वह बैठे थे, और उसने अपनी ठंडी, मृत-सी लगने वाली उंगलियाँ उनके गले पर कस दीं।

अगली सुबह, एरिक के विशाल घर में उनकी नौकरानी की चीख़ों से सनसनी फैल गई। उसने एरिक को उनकी चमड़े की आरामकुर्सी पर मृत पाया—उनका चेहरा डर के मारे विकृत था।

पुलिस थोड़ी ही देर में पहुँच गई। जाँच तेज़ी से हुई और नतीजा भी जल्दी आ गया:

हत्या का कारण लूट बताया गया, क्योंकि पूरे घर से एक भी सोने का सिक्का या ख़ज़ाना नहीं मिला—सब कुछ ग़ायब था।

•31•

शूटिंग की जगह

किशोरों के एक समूह ने एक शौकिया रॉक बैंड बनाया था, और वे अपनी म्यूज़िक वीडियो के लिए ऐसी जगह ढूंढ रहे थे, जो उनके वीडियो को एक अलग ही माहौल दे सके।

शेन, जो लीड वोकलिस्ट का दोस्त और उनका कैमरा मैन था, ने एक जगह सुझाई—शहर के बाहरी इलाके में एक पुरानी, सुनसान इमारत। शेन के मुताबिक, वह जगह उनके बैंड के इमो स्टाइल के लिए बिल्कुल परफेक्ट थी।

निक, जो बैंड का लीड सिंगर था, तुरंत राज़ी हो गया। जल्दी ही उन सबने अपने सारे साज़ और कैमरा उठाए और उस जगह के लिए निकल पड़े।

वे जिस जगह पहुँचे, वह एक पुराना, दो-मंज़िला मकान था, जिसकी दीवारें काई से ढकी हुई थीं और जो बरसों से वीरान पड़ी थी। खिड़कियाँ टूटी हुई थीं, और सामने का दरवाज़ा टेढ़ा होकर झूल रहा था।

"ये तो ज़बरदस्त है!" निक ने कहा, उस घर के चारों ओर फैली भयानक खामोशी को देखते हुए। "यहाँ हम आराम से रिकॉर्डिंग कर सकते हैं, कोई हमें तंग भी नहीं करेगा।"

वे जब उस घर के अंदर घूमने लगे, तो उनके कदमों की आवाज़ें खाली, जर्जर कमरों में गूंजने लगीं। निक ने गौर किया और बोला, "यहाँ की गूंज कितनी ज़बरदस्त है। यह जगह को एक खास एहसास देती है।"

उत्साहित होकर निक ने कहा, "क्यों न हम अपने गाने मेरे पापा के गैराज की बजाय यहीं रिकॉर्ड करें?"

आवाज़ की गूंज को परखने के लिए निक ने ज़ोर से चिल्लाया, "हेलो!" उसकी आवाज़ दीवारों से टकराकर लौट आई और पूरे सुनसान घर में गूंजने लगी।

इससे खुश होकर निक ने बैंड का नया, अधूरा गाना गाना शुरू कर दिया। उसकी आवाज़ गूंज के साथ मिलकर गाने के डर और तन्हाई के माहौल को और प्रभावी बना रही थी।

जब निक ने गाने की आख़िरी लिखी हुई पंक्ति गाई, तो गूंज ने दोहराया, "मैं अंधेरे में तुम्हारा इंतज़ार करूँगा।"

बैंड के बाकी सदस्यों ने एक-दूसरे की ओर देखकर सिर हिलाया, मानो वे इस जगह की ध्वनि से खुश हों, लेकिन आवाज़ यहीं नहीं रुकी। अचानक गूंज एक डरावनी, अजनबी आवाज़ में गूंज उठी, "अंधेरे में, जहाँ मैं तुमसे मिलूँगा; जहाँ मैं तुम्हारी खाल और आत्मा खाऊँगा।"

निक, शेन और बाकी सभी ने घबराकर एक-दूसरे की ओर देखा। यह गूंज निक की आवाज़ जैसी बिल्कुल भी नहीं थी; यह आवाज़ गहरी और खौफ़नाक थी।

कोई कुछ बोले बिना, सभी ने अपना सामान उठाया और उस घर से ऐसे भागे जैसे जान बचाकर भाग रहे हों। उसके बाद न उन्होंने कभी उस घर का नाम लिया, न वहाँ जाने की हिम्मत की।

•32•

असहनीय रूममेट

यूनिवर्सिटी के हॉस्टल में रहने वाली शेली थॉमस का कमरा रीटा कारमाइन नाम की एक अजीब और चिड़चिड़ी लड़की के साथ था। दोनों के बीच ज़्यादा बातचीत नहीं होती थी, लेकिन शेली को जितना पता था, उससे इतना समझ आ गया था कि रीटा किसी रहस्यमय पंथ से जुड़ी हुई थी। अफ़वाहें थीं कि रीटा गुप्त रूप से अजनबी लोगों से मिलती थी और शैतानी अनुष्ठानों में भाग लेती थी।

एक रात, शेली सो नहीं पा रही थी क्योंकि रीटा बहुत ज़ोर से खर्राटे ले रही थी। लेकिन परेशानी सिर्फ़ इतनी नहीं थी। रीटा ने कुछ बेहद तेज़ खुशबू वाला धूप जला रखा था, जिसकी तीखी गंध ने पूरे कमरे की हवा को भर दिया था। खिड़की पूरी तरह खुली थी, जिससे ठंडी हवा अंदर आ रही थी। शेली को अजीब बेचैनी हो रही थी, लेकिन रीटा से डरते हुए वह उठकर उसे कुछ कहने की हिम्मत नहीं जुटा पाई। उसे डर था कि अगर उसने अपनी अजीब रूममेट को परेशान किया, तो शायद उस पर कोई श्राप या बदकिस्मती आ जाए, क्योंकि रीटा के अजीब कामों से वह पहले ही डरी हुई थी।

आख़िरकार, शेली ने अपने हेडफोन लगाए, अपने पसंदीदा गाने चलाए और चेहरे पर मास्क पहन लिया ताकि वह गंध से बच सके। थोड़ी देर बाद, वह किसी तरह सो पाई।

अगली सुबह जब शेली जागी, तो रीटा अब भी बिस्तर में लेटी हुई थी। शेली चुपचाप कमरे से निकल गई और अपनी क्लास के लिए रवाना हो गई।

यह सिलसिला लगभग एक हफ़्ते तक चलता रहा। हर रात, शेली रीटा के खर्राटों, तीखी धूप की गंध और खुली खिड़की से आती ठंडी हवा को झेलती रहती।

लेकिन एक रात, जब वह लाइब्रेरी में देर तक पढ़ाई करने के बाद कमरे में लौटी, उसके हेडफोन अचानक काम करना बंद कर गए। यह जानकर कि वह उस रात किसी भी तरह की आवाज़ से बच नहीं सकेगी, उसके दिल में डर भर गया।

उस रात, शेली जैसे ही कमरे में दाख़िल हुई, उसने तय कर लिया कि अब और सहन नहीं कर सकती। हिम्मत जुटाकर वह रीटा के बिस्तर के पास गई, सोचते हुए कि अब वह उससे साफ़-साफ़ कह देगी कि वह खिड़की बंद करे और धूप जलाना बंद करे। मगर जैसे ही वह पास पहुँची, उसे कुछ अजीब-सा एहसास हुआ। रीटा बिल्कुल भी हिल नहीं रही थी—उसका चेहरा, जो कंबल के ऊपर थोड़ी-सी जगह से दिख रहा था, पूरी तरह जड़ और निस्तेज था।

घबराहट के साथ, शेली ने कांपते हाथों से कंबल हटाया और जो उसने देखा, उससे उसकी चीख़ निकल गई। रीटा की लाश पूरी तरह क्षत-विक्षत थी—उसके अंग शरीर से अलग कर के सुगंधित जड़ी-बूटियों में लपेटे गए थे ताकि बदबू न फैले।

पैनिक में, शेली दौड़ती हुई हॉस्टल की सुपरवाइज़र, मिस बॉयड के पास पहुँची और रोते हुए पूरी बात बता दी। मिस बॉयड ने तुरंत पुलिस को बुला लिया।

पुलिस आई, शव की जाँच की, शेली से पूछताछ की—लेकिन फिर, हैरानी की बात यह हुई कि उन्होंने शेली को हथकड़ी लगा दी।

"आप मुझे गिरफ़्तार क्यों कर रहे हैं? ये हथकड़ी क्यों?" शेली ने घबराकर पूछा।

एक अफ़सर ने ठंडी आवाज़ में जवाब दिया, "तुम्हारी रूममेट की मौत को लगभग एक हफ़्ता हो चुका है।"

शेली का दिमाग़ सुन हो गया, जैसे सारी दुनिया थम गई हो, और तभी उसे एक डरावना एहसास हुआ, जिससे उसकी रूह कांप उठी।

"तो फिर... इस पूरे हफ़्ते मैं किसके खर्राटे सुन रही थी?"

•33•

सावधानी

जब गिसेल अपनी उम्र के मध्य-तीसवें दशक में थी, तो उसे बार-बार एक ही डरावना सपना आने लगा। हर बार वह सपना ऐसे ही शुरू होता—बारिश के दिन, वह एक बस में चढ़ती, और जैसे ही बस एक लाल दीवारों वाली सुनसान फैक्ट्री के पास से गुज़रती, एक अजीब सा व्यक्ति, जो बच्चे के चेहरे जैसा मास्क पहने होता, उसके बगल में बैठ जाता और गला दबाकर उसे मारने लगता।

हर रात गिसेल घबराकर जाग जाती थी। उसने उन सपनों को हल्के में नहीं लिया, बल्कि उन्हें चेतावनी मानने लगी। इसी डर से वह हमेशा बारिश वाले दिनों में टैक्सी से सफर करने लगी।

समय के साथ, वे सपने और भी ज़्यादा सजीव होते गए। अब गिसेल को सपनों में छोटी-छोटी चीज़ें भी साफ़ दिखने लगीं, जैसे कि बस का नंबर—18। बस यही देखकर उसने पक्की कसम खा ली कि वह कभी भी नंबर 18 की बस में नहीं चढ़ेगी।

अक्टूबर के आख़िरी दिनों में, एक उदास और धुंधले दोपहर में, गिसेल अपने मनोचिकित्सक से मिलकर लौट रही थी। उसे शहर के दूसरे छोर पर एक वर्कशॉप के लिए देर हो रही थी। आसमान में काले बादल छाए देख, वह घबराई हुई तेज़ी से नज़दीकी बस स्टॉप पर पहुँची।

वह बसों की खिड़कियों पर लिखे पते पढ़ने लगी, ताकि सही दिशा में जा रही बस पकड़ सके। तभी उसकी नज़र एक बस पर पड़ी जो सही रास्ते की लग रही थी। लेकिन जैसे ही वह चढ़ने ही वाली थी, उसकी नज़र पास के एक पेड़ के नीचे खड़े एक अजीब व्यक्ति पर गई। उसकी निगाहें तुरंत सामने खड़ी बस की ओर गई, और उसके होश उड़ गए—बस का नंबर था 18।

डरी हुई गिसेल तुरंत दूसरी बस में चढ़ गई, बिना सोचे कि वह कहाँ जा रही है। वह बस के पीछे की सीट पर जा बैठी। उस समय उसे बस की मंज़िल की कोई

फिक्र नहीं थी—वह बस किसी भी तरह उस नंबर 18 की बस से दूर रहना चाहती थी।

बस चल पड़ी, और थोड़ी देर बाद उसका दिल धीरे-धीरे शांत होने लगा। उसने मन ही मन सोचा, "सपने ने मेरी जान बचा ली। अगर मैं नंबर 18 की बस में चढ़ती, तो शायद मारी जाती।"

वह खिड़की से बाहर देखती रही, जहाँ बारिश की बूँदें अनजानी सड़कों पर गिर रही थीं। उसे नहीं पता था कि वह बस उसे कहाँ ले जा रही है, लेकिन कम से कम फिलहाल वह खुद को सुरक्षित महसूस कर रही थी। उसकी आँखें बोझिल होने लगीं, जब अचानक बाहर के कुछ दृश्य उसके लिए अजनबी होते हुए भी बहुत जाने-पहचाने लगे। उसके पूरे शरीर में सिहरन दौड़ गई।

घबराकर उसने बस ड्राइवर से पूछा, "भाईसाहब, ये कौन सी बस है?"

ड्राइवर ने जवाब दिया, "ये? ये बस नंबर 81 है।"

उसी पल, गिसेल की नज़र उस जगह पर पड़ी जिसे वह अनगिनत बार अपने सपनों में देख चुकी थी—वह पुरानी लाल दीवारों वाली फैक्ट्री।

उसका दिल ज़ोर-ज़ोर से धड़कने लगा। और तभी, उसकी आँखों के सामने वही डरावना नज़ारा दोहराया गया—बच्चे के चेहरे वाला मास्क पहने वही शख़्स उसकी बगल वाली सीट पर आकर बैठ गया।

पढ़ने के लिए धन्यवाद!

क्या आपने मेरी सलाह को ध्यान में रखा? मुझे उम्मीद है कि आपने ऐसा किया होगा।

साथ ही, मुझे आशा है कि आपको ये डरावनी लघु कहानियाँ पसंद आई होंगी।

लेखक आपको एक भूत-मुक्त जीवन की शुभकामनाएँ देता है।

www.ingramcontent.com/pod-product-compliance
Lightning Source LLC
La Vergne TN
LVHW060303051026
849517LV00003B/944
9798231473847